서른, 덜컥
집을 사 버렸습니다

입사 6년 차 90년생의
좌충우돌 내 집 마련기

유환기 지음

서른,
덜컥
집을
사 버렸습니다

애플북스

목차

서울 집값 평균 15억 시대, 내 집은 어디에

2부

서툴지만 즐거운 나의 집에서

3부

태초에 살아온 집이 있으라

🏠 **집에서 할 수 있는 쓸데없는 20가지** (난이도 상)

달팽이가 부럽다는 세대

모처럼 대학 동기들을 만나는 날이었다. 평소처럼 압구정에서 모일까 하다가 오랜만에 학교 근처에서 보기로 했다. 지하철 9호선 흑석역에 도착했다. 거의 1년 반 만에 와 보는 이곳. 지하철역 에스컬레이터를 타고 올라오는 시야에 아파트며 빌딩이며 큼지막하고 번쩍이는 새 건물들이 여럿 들어왔다. 졸업할 때쯤 다지기 시작한 공터와 공사 가림막 뒤에서 조금씩 올라가던 건물 밑동들이 언제 이렇게 변했는지. 상전벽해라는 말이 바로 이럴 때 튀어나오나 싶었다. 어수선하고 노후했던, 좋게 말해서 클래식하던 동네가 밤에도 환해졌다.

신축 아파트 단지를 지나 도착한 학교 앞 먹자골목에서 반가운 얼굴들이 모였다. 스무 살 앳된 대학생들은 어느새 서른을 훌쩍 넘은 회사원이 됐다. 미팅이다 과제다 술잔과 함께 오갔던 시시콜콜 재미난 대화 소재들은 이제 셔츠에 구두를 신은 옷차림만큼이나 지극히 현실적인 주제로 변했다. 회사 이야기에서 시작해 월급과 성과급과 주식 수익률을 지나 역시나 부동산으로 귀결된 오늘의 대화.

"야, 후문 뒤에 그 아파트, 우리 말하던 그거! 지금 얼만지 봤냐? 그때 학교 다니지 말고 등록금 낼 돈으로 그거나 한 채 사 뒀으면 지금 모은 돈의 세 배는 더 벌었겠다."

친구가 말하는 후문 앞 언덕배기에 있는 아파트는 우리가 대학교 입학하던 해 1억 4천만 원이었다. 지금의 호가는 10억이 됐다. 10년간 일곱 배가 넘게 뛴 셈이었다. 친구 말을 끊고 제대로 알려 주고 싶었다. 그 아파트, 그새 8억 6천만 원이나 올랐다고. 너 모은 돈의 세 배가 아니라 아홉 배가 넘는다고.

1년 전에 모였을 때 우리 모두가 천정부지로 치솟던 집값에 분노했다면 반년 전 모임에서는 딱 절반인 세 명이 화를 냈고, 그리고 이번에는 한 명만이 목소리를 높였을 뿐이었다. 짜증 내고 열 받아 봐야 혈압만 오르지, 달리는 집값은 멈추지 않는다는 것을 너무나 이성적으로 이해하게 됐으니까.

집을 살 수 없다. 가격이 너무 올라 살 수 없다. 월급이 오르는 것보다 집값이 오르는 속도가 빨라 살 수가 없다. 설상가상으로 이젠 대출 금리까지 오른단다. 덩달아 오른 전세금에 신혼집을 마련할 수가 없어 결혼을 미루는 경우도 허다하다. 금수저가 아니고서야 서울 시내에 집 한 칸 살 생각조차 할 수 없는 우리는 그런 세대다. 날 때부터 집을 이고 사는 달팽이가 부러워질 때가 있다는 세대. 한때 워런 버핏과 빌 게이츠를 꿈꾸던 민달팽이들의 장래 희망은 이제 서울에 자가 있는 김 부장이다.

유환기

1부

서울 집값 평균 15억 시대, 내 집은 어디에

my home

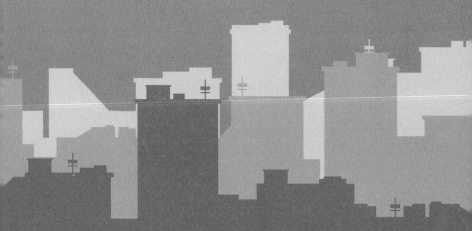

어느 날,
벼락거지가 되어 있었다

2020년의 어느 봄날, 나는 벼락거지가 되어 있었다.

침대에 누워 웹툰을 보는데 단톡방 알람이 울렸다. 학교 선배가 집을 샀단다. 축하해! 쩐다! 폭죽 터지는 요란한 이모티콘 다음으로 나 역시 축하한다는 말 몇 줄을 남기고 다시 웹툰창을 켰다. 몇 컷을 더 내려 보다 형이 샀다는 그 아파트가 살짝 궁금해졌다. 학생 시절 살아 봤던 동네여서. 상도동의 A 아파트. 중심가도 아닌 데다 그렇게 넓은 평수도 아닌 구축 아파트가 6억이 넘었다. 내가 모은 돈의 6배가 넘는 돈이었다. 이어서 '서울 아파트'를 검색해 봤다. 언론사와 부동산 인플루언서가 쓴 〈서울 아파트값 폭등〉, 〈미친 아파트값〉 등의 글 사이

베스트 댓글이 눈에 들어왔다.

'정부 믿고 멍청히 있다가 하루아침에 벼락거지 됐네요.' 기사보다 핫했던 그 댓글 아래 '벼락거지'란 단어를 포함한 대댓글만도 수백 개였다. 벼락거지, 처음 듣는 단어였다. 글이 작성된 날짜가 1월 23일이었으니 나는 거의 4개월이 지나고서야 그 단어를 접하게 된 셈이었다. 벼락거지, 벼락거지, 어감이 꽤 재밌다고 생각하면서도 읽을수록 유쾌하진 않은 단어였다. 벼락부자도 부정적인 느낌인데 하물며 벼락거지라니. 그리고 댓글들에 따르면 나 역시 벼락거지였으니까.

게시글을 쭉 읽다가 현타가 왔다. 부동산에 관심 많은 사람이 이렇게 많았나 싶었다. 스물아홉 살의 나이에 부동산, 아니 내 집 마련을 생각하는 친구들은 적어도 내 주변엔 없었다. 당장 이번 달 카드값 걱정에다 주말엔 어디서 놀 궁리만 하는 우리에게 그런 건 조금 더 어른의 영역이었다. 자고로 집은 결혼할 때가 돼서야 살지 말지 고민하는 거라는 보편적인 인식도 한몫하긴 했다. (우리 어차피 살 돈도 없..었지? 아마?)

종잣돈 1억 모으기 전까진 절대로 돈을 잃지 않는 재테크를 하겠단 신조에 맞춰 월급의 일정액을 은행 적금에 부었다. 나머지로는 소액으로나마 주식과 펀드를 굴리며 나름 제법 균형 있는 자산 관리를 해왔다(고 생각했다). 1년에 천만 원씩 착착 쌓여 가는 적금과 가끔 터지는 기백만 원 남짓한 주식 수익금에 흡족해하며 꽤 잘 살아나가는 중이라 자신했으니까. 그러다 반전세로 살던 회사 앞 오피스텔 주인 할머니가 딸에게 건물을 물려줬고, 새 주인은 동시에 임대사업자 등록을 하면서 매년 5%씩 집세를 올리겠다고 공지했다. 매년 5% 상승은 세입자들에게 거저라는 식으로 말했지만, 보증금 1억 7천의 5%면 850만 원이다. 연봉의 15% 남짓한 금액으로 결코 적은 돈이 아니었다. 그게 복리 수준으로 계속 돌아간다고 생각하니 아찔했다. 그렇지만 반대도 할 수 없었다. 절이 싫으면 중이 떠나야 한다. 6개월 뒤에 계약 기간이 만료되면 다른 데로 이사 가야겠다고 생각하면서 일단 울며 겨자 먹기로 신규 계약서에 서명했다. 반전세로 거치해 둔 1억 7천만 원에다 매월 내는 월세와 관리비가 50만 원 정도. 1년간의 이자 수익과 납부 금액을 따져 보니 굉장히 아깝게 느껴졌다. 다른 오피스텔 월세도 오른 건 매한가지라 딱히 이사 갈 수도 없었다.

그때부터였을 거다. 친구들과 소맥잔을 부딪치며 영양가 없는 잡담만 주고받다가 부동산 관련된 주제가 조금씩 나오기 시작한 시점이. 막상 내 집 마련 문제가 앞접시에 오르니 마찬가지로 벼락거지 신세였던 90년생 친구들은 여자 이야기할 때만큼 할 말들이 많아 보였다. 알뜰살뜰 잘해 봐야 1년에 2천만 원을 모을 수 있는데 그새 집은 또 1억이 올라 있다고. 내 돈이 불어나는 속도보다 집값 올라가는 속도가 훨씬 빠르다고. 그렇게 새삼 다시 한번 자각했다. 좋은 직장을 구해 괜찮은 연봉을 받아 가며 나름 잘하고 있다 믿었던 재테크는 솟구치는 집값에 비하면 돼지저금통 속에 모인 동전처럼 짤짤이 재테크였음을.

거지로 향하는 벼락을 직격으로 때려 맞은 우리가 가장 부러워한 사람들은 재작년이나 작년쯤 결혼하면서 집을 샀던 형과 누나들이었다. 판교에 신혼집을 차린 사촌 형도 그랬다. 필요하니 무리해서 샀을 뿐인데 갑자기 확 올랐다며 어안이 벙벙한 표정으로 연신 싱글벙글 웃고 있었다. 갑자기 오른 집값 때문에 전세 신혼집도 구하기 힘들어져 결혼을 연기했다며 자작하던 친구에게 "어허, 술을 혼자 따르면 어떡하냐?" 괜한 호들갑을 떨며 소맥 한잔 진하게 말아 줬다. 우리 참 복도 없다는 둥 시대를 잘못 타고 난 세대라며 정부 욕을 왕창 해댔지만 이제 와서 뭘 어떡하리.

어느새 오피스텔 전세 만료 기간이 다가오고 있었다. 쭉쭉 오르는 아파트값 대열에 전세금도 슬며시 끼어드는 판국에, 임대사업자 집주인은 작년에 이어 올해도 전세금을 인상했으니 내년도 그럴 것이다. 2년 전에 이 전세금에다 은행 대출받고 가진 거 싹싹 긁어다 더했으면 전셋집이 아니라 자가를 마련했을 텐데. 그러면 지금쯤 몇억은 올랐을 텐데. 전세금 인상분을 손가락 접어 가며 계산하기도 싫고 떠돌이 신세도 그만하고 싶었다. 관자놀이가 지끈댔다. 집을 투자의 수단으로 생각하지 말라고 하지만, 풀 액셀 밟고 올라간 가격 때문에 거주의 수단으로조차 고려할 수 없는 상황이 암담하다 못해 참담했다. 어릴 적 동심을 자극하던 애니메이션 〈하울의 움직이는 성〉을 보면서 이젠 '쟤도 집이 있네'란 생각이 먼저 든다는 농담인 듯 농담 아닌 농담 같은 진심의 해. 서울 끝자락 구축 아파트도 10억이 넘어가는, 평균 집값 15억이 된 어메이징한 해.

답답한 마음에 집 밖으로 나와 걷다가 샛강다리 위에 올랐다. 영등포와 여의도를 이어 주는 이곳의 앞쪽으로는 여의도가, 왼편과 오른편 저 멀리엔 마포구와 용산구가 보였다. 맑은 하늘과 따뜻한 햇살 사이 솟아 있는 뾰족하고 길쭉한 아파트

숲. 그 숲에 내 자리는 없었다. 그리고 생각했다. 우리는 언제부터 벼락거지가 된 것인지. 왜 이렇게 돼 버렸고, 언제까지 이 신세일지…. 혹시 영영 이 상태로 머무르게 되는 건 아닌지.

↖
내것 아니라 더 차가운 아파트숲.

청약? 확실하지 않으면
승부를 걸지 말라

늦게나마 벼락거지를 탈출하고 싶다는 마음을 먹게 된 나에게는 두 가지 옵션이 있었다. 집을 산다, 혹은 당장 사지는 않는다. 후자의 경우 '주택청약'이라는 제도를 노리는 방법이다. 결혼할 때가 돼서 신혼부부 특별공급 청약을 통해 신축 아파트로 입성한다는 계획이 대다수의 평균적인 생각이다. 특히나 부모님을 포함한 어른들의 의견은 한결같다. "집이 얼만데 어떻게 그냥 사니? 당연히 청약 넣어야지." 청약이 되면야 너무 좋겠지만, 문제는 청약에 당첨되는 게 요즘은 거의 로또만큼이나 어렵다는 거.

청약 1순위 자격보다 중요한 건 가점이었다. 사실상 그게 다라고 해도 과언이 아니다. 청약통장 가입 기간과 무주택 기간, 부양가족 수 등등을 항목별로 수치화해 경쟁시키는 가점 조건을 보며 모의고사 풀듯 점수를 매겨 봤다.

5점을 기본으로 시작해서 한 명당 5점씩, 6명까지 인정되어 최고 35점까지 받을 수 있는 부양가족 수에서 내가 받은 점수는 5점. 워낙에 전쟁이다 보니 부양가족 점수를 높이기 위해 아이를 입양한 후 파양까지 서슴지 않는 금수만도 못한 놈들도 있단다. (너거는 딱밤 오십만 대다. 대가리 딱 대!) 깔아 주는 2점을 시작으로 서른 살이 되는 해부터 1년씩 늘어날 때마다 2점씩 추가되어 최고 15년까지 상한을 둔 무주택 기간 점수가 4점. 통장 가입 연수 6개월 미만 1점, 1년 이내 2점, 그 후로 연마다 1점씩, 최고 17점까지 받을 수 있는 청약통장 가입 기간 점수가 6점.

총 84점 만점에 나는 15점을 받았다. 대충 봐도 현재로서는 청약 당첨은 어려울 것 같았다. 아기가 있는데도 신혼부부 특별공급(특공)에 연이어 떨어졌다는 회사 동기의 선배 이야기를 듣고부터는 좀 더 가망이 없어 보였다. 6인 가족에 무주택 기간이 20년인 어느 가장도 탈락했다는 부동산 카페 글을 보고는 아예 마음을 접었다. 나처럼 미혼에다 나이도 어린(?) 사람들은 애초에 기대도 하지 말라는 게 아닐까.

청약을 기다려야 하는 이유에 대해서도 생각해 봤다. 지금 가진 돈에다 대출금을 풀로 당겨 봐야 서울 경기 저 끝 외곽의 조그만 구축 아파트 하나도 사기 쉽지 않았다. 발등에 불 떨어졌다고 아무 매물이나 잡다가는 그곳이 네 무덤이 될 수 있다던 아는 형의 무서운 말도 떠올랐다. 몇 년 안에 대규모 주택 공급 폭탄이 투하될 예정이라 집값이 폭락할 일만 남았다는 유튜브 영상도 봤다. 확실히 청약이 안전하고 좋다. 당첨되기만 한다면. 공급 물량이 늘어나면 시장 논리에 따라 자연히 집값은 하락하기 마련이지만 문제는 시기였다. 정부에서 공지하는 신도시 공급은 최소 2024년. 여태까지의 경험상 일정은 늘 늦춰졌으니 평균적으로 3년은 더 잡고 본다면 2027년 무렵이겠다. 그거 기다리면서 앞으로 7년을 전세든 월세든 버티는 게 과연 좋은 선택일까? 그러다 기간이 더 지연되면? 그동안 전셋값이 또 폭등하면? 2년 뒤쯤 3기 신도시 사전 청약을 시작한다던데, 사전 청약은 청약의 청약 아닌가? 무슨 미로 속에 들어온 기분이었다. 청약은 당첨 확률부터 공급 시기까지 너무 불확실성이 커 보였다.

　소득과 상황이 비슷한 무주택자 친구들과 가평으로 캠핑 가던 주말에 또 한바탕 토론회가 열렸다. 주제는 언제나 그랬듯 집을 사야 하느냐, 말아야 하느냐. 토론이라기엔 이러지도 저러지도 못하는 자들의 넋두리였는데 한 명은 신혼부부 특별 공급 청약의 강력한 신봉자였다. 애가 있는데도 신혼 특공 당첨에 몇 번이고 떨어졌다는 회사 선배 이야기를 들려주니, 곧바로 "애가 하나지? 애 하나니까 그렇지!!"란 답이 돌아왔다. 운전대를 잡고 있던 오른손을 떼 허공에 주먹까지 휘두르던 그의 강력한 확신에 차마 말해 주지 못했다. 그 선배네는 아이가 무려 셋이란 사실을. (아들 하나에 딸 둘을 둔 그 부부는 결국 광명에 집을 사서 현재 잘살고 있는 것으로 안다.) 집값이 비정상적이니 조만간 하락장이 올 것이라며 청약이 안전하다는 둥 청약 예찬을 하던 중에도 집을 사는 게 나은 선택은 아닐지 오락가락하는 친구를 보면서 내가 다 불안했다. 할 말 많아 보이는 놈 원 없이 떠들라고 입을 꾹 다물고 있었지만, 내 머릿속 또한 뭐가 최선일지에 대한 고민으로 요동치는 건 마찬가지였으니까.

집을 사도 걱정이고 안 사도 걱정일 것 같았다. 청약을 기다리는 것도 확실한 길은 아닌 거 같고, 기다리지 않는 쪽의 성공 확률도 불확실했다. 꾼들도 확실하지 않으면 승부를 걸지 말랬지만 양쪽이 모두 불확실한 선택지라면 어떡해야 할까? 그나마 덜 불확실해 보이는 쪽을 택하는 게 맞다고 생각했다. 내게는 그게 아파트 매수였다. 어디까지나 주관적인 판단이다. 아무것도 하지 않다가 휩쓸리듯 또 한 번 벼락거지가 되는 것보다야 내 판단대로 움직이는 편이 그나마 덜 후회스럽겠다 싶었다. 언제 완성될지도 모르고 당첨 가능성도 모호한 신도시 청약을 기다리기보다는 차라리 구축 아파트를 매수해서 대출금 갚으며 살아나가는 선택이 나아 보였다. 그러길 바라진 않지만, 만약에 집값이 내려간다면 그냥 눌러앉아 살면 되니까. 적어도 전세금이 오를까 봐 걱정하거나 이사 다니는 번거로움은 겪지 않아도 될 테니까.

날씨가 좋으면 임장을
가야 한다네요

집을 사야겠다는 쪽으로 생각이 기울었지만, 원룸이나 오피스텔을 구해 본 경험밖에 없다 보니 아파트 매매에 관련해선 통 감이 잡히지 않았다. 그때의 습성대로 부동산 카페며 네이버 부동산과 호갱노노를 수없이 전전할 뿐이었다. 도로 뷰 같은 것도 자취방 알아볼 때나 유용했지, 여기서 어떤 활동을 더 해야 할지 알 수가 없었다. 직접 찾아가서 매물을 보고 싶은 마음도 조금 있었지만 별로 효율적일 것 같지 않았다. 예전에나 발품을 팔았지, 요즘은 부동산 블로그며 카페며 앱까지 굉장히 활성화되어 있다. 방구석에 앉아서도 서울은 물론 미국 베벌리힐스 상황까지 확인할 수 있는 세상 아닌가.

효율을 따지긴 했지만 사실 귀찮고 힘들어서 나다니지 않았던 이유도 컸다. 나가면 돈, 시간, 체력 다 쓰기 마련인데 혹시 허탕이라도 치면 돌아오는 타격이 두 배는 될 터. 무엇보다 당시는 자가용을 팔아 버린 상태였다. 지하철로 동네를 돌기는 힘들고, 그렇다고 택시 타고 돌아다니기도 그랬다. 나름 효율 극대화 및 리스크 매니징 차원(?)에서 퇴근 후와 주말을 이용해 집에서 인터넷으로 손품만 팔며 몇 주를 보냈다.

그런데 유명하단 부동산 카페를 수시로 들락거리고 네임드 회원이 쓴 인기 게시글을 밑줄 그어 가며 읽었음에도 정작 나의 자가 마련 전략은 어떻게 짜야 할지 정리되지 않았다. 몸 편하게 서울과 수도권의 정보를 많이 접하며 아는 건 많아졌지만 응용을 못 하니 아는 것이 아는 게 아니었다. 이건 마치 기출문제는 풀지 않고 개념원리 예제 해설만 들입다 들여다본 짝이었다. 관심 가는 아파트 단지가 위치한 지역에 한번 가서 실물을 보고 올까도 생각했지만, 무엇에 초점을 맞춰 어떻게 봐야 할지 너무 막막해서 또 가지 못했다. 변명은 또 다른 변명을 낳는다더니 계속 나가지 않아야 할 이유만 찾는 메타버스 속 부린이의 일상이 이어졌다.

역시나 일요일 내내 부동산 카페나 들락거리며 고민만 하다 출근한 다음 날 아침, 회사 휴게실에서 K형을 마주쳤다. 내가 이 형을 왜 생각 못 했지? K는 나보다 2년 먼저 입사한 옆 팀 선배로 하얀 피부에 부드러운 눈매와 적당히 통통한 인상에서 귀히 자란 티가 난다. 선배임에도 꼰대 같은 면이 없어서 우리는 빠르게 친해질 수 있었다. 나보다 두 살밖에 많지 않은 형이지만 강동구에 호가가 무려 두 자릿수인 아파트를 소유하고 있다. 주말에 무얼 했냐고 물을 때마다 부동산 임장 다녀왔다고 대답하곤 했었다.

임장, '현장에 임한다'는 뜻으로 아파트 단지나 지역에 발품을 파는 걸 말한다. 상당히 거창해(번거로워) 보여서 전 세계를 마우스 커서로 나다닌 내가 여태 하지 못한 일이다. 커피 마시자며 끌고 내려가 지난주엔 뭐 했냐고 물으니 역시나 이번에도 강서구에 몇 집을 보고 왔단다. "크- 역시 큰 손이십니다!" 물개박수를 두어 번 치고는 기세를 몰아 어디가 유망하냐, 어떤 호재가 있냐, 따발총처럼 물었다. 기분이 좋아진 K형은 유독 친절한 목소리로 몇 구역을 추천해 주더니 아예 다가오는 주말에 같이 한번 돌자고 했다. 유경험자가 함께 가 준다니 거절할 이유가 없었다. 형은 백날 화면만 들여다보고 전화해 봐야 헛거라며 직접 가 봐야 한다고 했다. 게다가 요즘같이 따뜻한 봄날에는 임장 가는 게 제맛이라면서.

다가온 토요일. 일찍 일어나 아침 10시에 K형이 오라고 한 일원동에 도착했다. 기다리면서 네이버 지역 부동산을 검색했다. 이 동네 아파트도 대충 호가가 20억이 넘어갔다. 대학생이던 2014년에 어쩌다 이 동네에 처음 왔었는데 그때의 호가를 한번 검색해 보니 7억 정도였다. 그럼 6년 만에 세 배 가까이 뛴 셈이다. 이쯤 되면 당시 대학 친구들이랑 학교 자퇴하고 등록금 모아서 한 채 사 놓는 게 나을 뻔했다. 그때의 집값마저 우리과 신입생들 등록금을 다 모아도 부족한 금액이라는 게 함정이지만. 대학과 취업에만 목매던 과거의 우리가 헛똑똑이였다는 슬픈 자각이 끝나갈 때쯤 BMW 5 시리즈를 몰고 형이 나타났다. 외제 차 타고 집 있는 남자의 에스코트를 받으며 VIP처럼 첫 임장을 시작했다. 우선 형이 추천해 준 강동구 아파트를 몇 개 돌기로 했다. 원래 부동산 정보는 부모님이나 전문가 양반들보다 근래에 돈 벌어 본 주변 친구 말 듣는 게 맞았으니까.

15분쯤 달려 K형이 몇 년 전에 매입했다는 강동구의 아파트 단지로 들어섰다. 둘러보고자 하는 집들이 그 근처라 형네 집 주차장에 차를 대 놓고 도보로 다니기로 했다. 성곽처럼 켜켜이 쌓인 3,200세대의 대단지 아파트 차량 통과문에 입주자 카드를 대는 형이 뭔가 잘생겨 보였다. 주차장에서 올라오니 조경이 훌륭한 화단과 어린이들로 복작대는 놀이터가 나왔다. 4년을 살았던 학교 앞 원룸촌과 이후에 2년 남짓 살았던 회사 옆 동네 오피스텔촌과는 사뭇 다른 잘 정돈된 쾌적함이 느껴졌다. 이런 곳에서 나도 살고 싶었다. 마침 올려다본 하늘은 구름 한 점 없이 맑았다. 제주도 놀러 가기 끝장인 날씨라 했더니 집 있는 남자가 곧바로 그 말을 수정해 줬다. "아니지. 임장하기 딱 좋은 날이지. 오늘, 날도 좋은 게 느낌이 좋다!" 형이 또다시 잘생겨 보였다.

산에서만 살다가 도시로 내려온 산골 소년처럼 두리번대던 내게 형이 물었다. "실제로 와 보니까 휴대전화로만 보던 거랑 또 다르지?" 정말 그랬다. 두 발로 단지 안팎을 거닐면서 지하철역까지의 거리가 어느 정도인지 가늠해 보고, 경사로를 실제로 걸으면 얼마나 힘든지, 길가와 주변 상가 분위기는 어떤지, 단지 내 조경과 뷰는 또 어떤지 등을 체감하는 건, 방 안에서 클릭질 몇 번으로 대신할 일이 아니었다.

부동산 커뮤니티에 작성된 매물에 대한 보편적인 평과 내가 파악한 실상은 대충 아래와 같다.

1. 아파트 세대수가 많고 단지 간 거리가 넓어서 쾌적함. → 많다, 크다와 같은 주관적인 평가는 일단 거른다. 단지 폭이 넓은데 조경이 별로라서 쾌적성이 떨어질 수도 있고 지어진 구조가 애매해서 동선이 별로일 수도 있다.

2. 단지 뒤에 편의시설이 다양해서 거주 편의성이 높음. → 그 편의시설이 술집이나 음식점을 포함하여 지칭하는 것일 때 꽤 번잡하고 시끄러울 수 있다는 리스크가 있다. 카페나 학원가가 있으면 보통은 좋을 것 같으나 그런 곳은 아이 태우러 오는 차가 많으니 직접 거닐어 봐야 느낌이 온다.

3. 지하철역까지 도보로 10분밖에 안 걸림. → 저스트 텐 미닛. 짧지만 걸어 보면 생각보다 오래 걸리는 거리다. 비 오고 눈 오는 날엔 5분은 더 잡아야 한다. 지도만으로는 오르막인지 내리막인지, 험한지 만만한지 제대로 알 수도 없다. 그러니 이 글을 읽는 부린이들은 책을 덮고 밖으로 나가서 관심 단지를 직접 한번 걸어 보시라.

형이 픽한 어느 아파트 상가 앞에 도착했다. 상가 1층에 있는 공인중개사사무소 앞에서 형이 나더러 잠깐 서 보라고 하더니 위아래로 훑어봤다. 너무 어려 보이면 부동산 업자들이 매물을 잘 안 보여 준다. 우리는 졸지에 영화 〈기생충〉의 케빈과 제시카처럼 역할극을 하기로 했다. 결혼을 앞둔 사촌 동생(나)의 신혼집을 같이 봐주러 온 사이로 말을 맞췄다. 새신랑-사촌 형-9월 결혼-신혼집♬

첫 번째 부동산중개소 사장님은 나를 쓱 보더니 지금은 나온 집이 없다고 잘라 말했다. 언제쯤 매물이 나올까 물었지만, 그는 요즘 부동산 정책과 정치 이야기만 한 바가지 쏟아낼 뿐이었다. 현 정부의 무능한 부동산 정책 비판도 딱 15분까지만 재밌었다. 내가 듣고 싶은 건 저 멀리 여의도 소식이 아니라 바로 이 주변 집 이야기라고요. 이러다간 밤새우겠다 싶어 매물 나오면 연락 달라고 연락처를 남기곤 얼른 빠져나왔다.

두 번째 부동산중개소 사장님도 매물이 없다는 말로 상담을 시작했다. 이번엔 연기를 제법 잘한 것 같았는데 똑같은 대답이 돌아온 걸 보면 정말로 매물이 없구나 싶었다. 우리는 아까보단 적극적인 태도로 궁금한 점들을 이것저것 묻는, 아쉬운 대로 근처의 아파트 구조나 장래성, 평균 시세 같은 소소한 정보라도 주워 담고 나왔다. 차를 타고 풍납동으로 이동해 부동산중개소를 두어 곳 더 들른 후 카페에서 아까 봤던 아파트들을 분석했다. K형이 리드했다.

"자, 일단 이 동네가 8호선 연장 되잖냐. 그러면 잠실까지 다섯 정거장이다."

"워~ 지하철!"

"여기가 주변에 비해 아직 가격이 살짝 낮은데 슬슬 키 맞추기 할 거야. 통근 버스도 아파트 바로 앞에 딱 선다."

"올~ 통근까지! 그래서 얼마더라?"

"8억 초반이었을걸?"

".........^-^."

강남 4구에다 지하철 연장 호재까지 끼고 있다는 형이 픽한 매물들은 부린이 눈에도 분명 좋아 보였다. 문제는 최소 7억 중반에서 8억에 달하는 가격이었다. 주변에 비해 저평가되어 있어서 빠른 시일 안에 치고 올라올 거라는 형의 말은 알겠으나 내겐 그만한 돈이 없었다. 가격보다 살고 싶은 동네를 우선해서 고려해야 한다는 의견도 일리 있는 말이지만, 예산 자체가 후달리는 사람에게는 솔직히 배부른 소리로 들렸다. 이가 없으면 잇몸이라고 일단 살고 싶은 동네에 근접한 아파트라도 사라고들 조언하는데, 문제는 그마저도 다 내겐 비싸다는 거.

영끌 예산마저 1억은 아득히 초과하는 가격에 입이 쩍 벌어졌지만, 혹시나 급매 건이 생기면 연락 달라며(급매물이 나와도 살 수 없는 가격대지만) 마지막 공인중개사사무소에 연락처를 남기는 것으로 오늘의 임장을 종료했다.

태어나서 처음으로 부동산 임장이란 걸 다녀와 본 서울시 강동구. 암사동과 풍납동의 공인중개사사무소를 다섯 곳이나 방문했고 그런데도 집은 한 곳도 보지 못했지만, 매물 절벽이라는 현 시장 상황을 직접 보고 형에게 실질적인 조언을 여럿 들은 날이었다. 내 주머니 사정과는 다르게, 뭔가 얻어 가는 게 많은 하루였다. 맑은 하늘에 선선한 바람까지 불어와서, 아파트 임장하기 딱 좋은 날이었다. 홀린 듯 휴대전화를 들어 아파트숲 사이 저 멀리 고덕 그라시움이 위치했다는 방향으로 사진을 하나 찍었다.

이 아파트를 투시하면 고덕 그라시움이 보인다. K형이 그렇게 말했다. "이쪽으로 쭉 가면 고덕 그라시움이 있다." 원래 이상향은 눈앞에 잘 보이지 않는 법이다.

남향을 찾아서

부동산 시장이 워낙에 불장이다 보니 괜찮은 매물을 선점하기 위해 모두가 노력하는 분위기였다. 네이버 부동산에서 매물 리스트를 확인했음에도 지나갈 때마다 공인중개사사무소 유리창에 붙은 종이를 자세히 들여다봤다. 정말 좋은 매물 정보는 아예 붙이지도 않고 VIP 사모님들에게 조용히 전달되겠지만.

집을 선택할 때 고려하는 요소로는, 밖으로는 지하철역과의 거리, 안으로는 구조와 방향, 층, 연식 등이 있다. 비슷해 보이는 동네와 입지의 아파트들이니만큼 뭘 골라도 크게 차이 나진 않겠지만 한 끗 차이에 삶의 질이 달라질 수가 있다. 그 한

끗의 중요성을 나를 포함한 부린이들은 아예 몰라서 엉뚱한 패를 잡곤 한다. 우선 나는 가격이 가장 중요했다. 2층이고 저층이고 뭐든 간에 무조건 싼 매물로 잡겠다고 하니 매매 경험이 있던 형들 모두가 말렸다. 억대가 넘는 집을 사는 마당에 멀리 봐야 한다고 했다. 회사 구내식당에서 같이 밥을 먹다 K형도 같은 말을 했다. 돈 몇천 싸다는 이유로 잡은 매물은 나중에 후회할 수 있다면서. 무슨 말인지 이해하지만 그래도 당장 1, 2천만 원이 아쉬운데 어쩌라고. 내 마음이 전달됐는지 형은 연근조림을 집던 젓가락을 내려놓고 유치원 선생님처럼 설명하기 시작했다.

"자, 너 고층이 좋아? 저층이 좋아?"

"몇 층부터가 고층이지?"

"이 아파트는 17층짜리니까 한 10층부터라고 보면 된다."

"당연히 고층이지."

"그래, 고층이 소음도 덜 들리고 벌레도 적게 들어오고 바람도 잘 드니까. 무엇보다 매도 시에 훨씬 잘 나간다."

"뭔 말인지 오케이. 근데 저층보다 3천은 비싸잖아."

"갭은 네고 치면 좀 더 줄일 수 있고, 또 팔릴 때를 생각하라니까? 지금 3천 차이가 나중엔 5천, 6천도 될 수 있어. 하락장도 대비해서 사고 싶다면서."

　무척 논리적인 말이었다. 층수는 돈이 된다면야 높은 걸 고르겠다는 주의였지만 집 방향에 있어서는 확고했다. 무조건 남.향.집. 여태 부모님 아래 세대원으로 살아오면서 지낸 집들은 모두 남향집이었다. 햇살이 듬뿍 들어와 사계절이 밝고 따뜻한 그런 집에 사는 게 너무나 당연했다.

　대학교에 진학하면서야 세상에는 동서남북이라는 4방위가 있고 그 땅 위에 지어진 이상 집마다 방향이 있다는 사실을 직접 목도하게 됐다. 심지어 그건 원룸에는 몇 배로 크게 적용되는 법칙이었다. 자취방을 구한다며 (물론 원룸) 보러 다닌 집마다 채광이 달랐다. 집안에 퍼진 온기도 달랐다. 멀어야 100미터 거리의 집들이었는데 방향에 따라 확연히 차이가 났다. 나는 연식이 10년은 된 남향집과 방향은 별로지만 새로 지은 집을 놓고 고민하다가 어린 마음에 신축이 좋아서 후자를 택했던 적이 있다. 북서향 집이었는데 여름이면 습한 기운이 들어차고 이따금 벽지에 곰팡이가 피어나서 기분이 꿀꿀해지곤 했다. 아무튼 북향집에 살아 보지 않은 자, 인생을 논하지 말라. 동향은 햇볕이 너무 부족해서 겨울에 춥고, 서향은 볕이 너무 늦게까지 들어와서 여름에 덥다. 빨래도 잘 마르는 데다 적당히 따뜻하고 적당히 시원한 정남향이 실거주에 가장 좋단 말씀.

그래선지 고층만큼 남향집도 적었다. 매물의 대부분이 동향 혹은 서향이었는데, 그마저도 좀 괜찮아 보인다 싶은 집은 순식간에 빠졌다. 어쩌다 한번 나오는 남향집은 동서향에 비해 호가가 4천만 원 정도 높았지만 그런데도 관심이 높았다. 일전에 방문했던 부동산중개소 사장님이 오랜만에 전화가 왔다. 요즘 같은 시기에 정말 흔치 않은 매물이라며 몇 집을 소개했다. 남향이냐고 물어보니 "네~ 남향~ 남향인데 살짝 동쪽 걸쳐 있는 동남향~"이라는 말에 잠시 생각해 보겠다고 하곤 이내 고개를 저었다. 동남아도 아니고 동남향이란 게 대체 뭔가? 동향은 그냥 동향이고 남향은 남향 아닌가? 동쪽인데 남쪽으로 애매하게 꺾여 있다는 논리로는 모든 집이 남향집일 거 같았다.

만약 갭투자를 할 계획이라면 몰라도 첫 집에다 내가 직접 거주할 생각이니 매매 차익에 따른 수익률보다 삶의 질을 좀 더 우위에 두기로 했다. 서른 나이에 남향을 고집하는 것이 좀 고리타분한가 싶기도 했지만, 대학생 때 비 남향집에 살아 본 결과 결국 남향이었다.

나한테 좋아 보이는 건 모두에게도 그렇듯 남향 매물은 정말 적었다. 처음에는 뭔가 싶고 그새 또 가격이 오를까 봐 뭐라도 잡아야 하나 조바심이 나서 적어도 남동향까지는 고려해야 하나 싶었다. 하지만 역시 시장에 매물이 없다는 건 그만큼 살기 좋아서 안 내놓는다는 방증일 거란 생각이 들었다. 남향에 중층 이상 급매 나온 거 있으면 무조건 살 테니 꼭 연락 달라고 여러 사무소에 연락처를 뿌려 놨다. 그래 봐야 그런 게 나오면 나 말고 친한 사모님들한테 연락할 것이 뻔했지만.

다시 상도동에
살 뻔했는데

다음 주엔 7호선 숭실대입구역으로 향했다. 올 초 단체 카톡방에서 있었던 내 집 마련 축하의 주인공인 J형을 만나기 위해서. 이번에 상도동에 32평 국평 아파트를 구매한 형은 거기가 첫 집은 아니었다. 스물아홉쯤 첫 직장이 있던 경기도 부천에 샀던 18평 아파트가 처음이었다. 나와 비슷한 예산으로 무주택자에서 유주택자가 된 뒤 다시 상급지로 갈아타기에 성공한 그의 현실적인 조언을 듣고 싶었다. 부동산 잘 보는 눈을 기르는 데는 왕도가 없댔다. 발품은 최대한 많이 파는 것이 좋다니 형네 동네 임장도 같이하기로 했다. 마침 날씨가 좋았다. 강동구 임장 때 K형 말마따나 집 보기 딱 좋은 날이었다.

밥부터 먹자며 숭실대 먹자골목으로 들어갔다. 우리 학교는 아니지만, 대학 시절 자취방이 거기서 가까워 꽤 익숙한 동네였다. 묵은지 찜닭을 먹으며 이런저런 이야기를 주고받다가 J형이 말했다.

"잘 생각했다. 뭐, 앞으로 집값이 어떻게 될진 몰라도 난 전세 살면서 남 배 불려 주는 것보다야 내 집 대출금 갚아 나가는 게 안 났겠나 싶은데?"

유주택자 선배의 은덕으로 배를 든든히 채우고 동네 한 바퀴 돌면서 구경해 보기로 했다. 나름 서울의 중심에 있어 강남과 여의도와 신촌, 종각까지 30분 정도면 갈 수 있다는 지리적 이점과 더불어 개발의 가능성이 앞으로 남아 있을 것이란 판단이 이곳을 선택한 이유랬다. 숭실대를 중심으로 근처 건물과 아파트들은 언덕배기에 지어져 있었다. 무슨 성곽처럼 높은 곳에 있는 아파트 단지 입구로 가려면 45도 정도 되는 경사로를 올라야 했다. 자동 출입문도 설치되어 있지 않고 외벽 색깔부터 오래돼 보이는 아파트 입구에서 처음에는 발이 잘 움직이지 않았다. 무슨 이런 고바위에 있는 구축도 7억이 넘는다냐? 이렇게 낡은 데서 과연 살 수 있을까 싶었지만 바로 옆에 지은 지 3년 정도 된 아파트 가격이 두 배는 더 비싼 것을 확인하곤 정신을 차렸다.

그렇게 숭실대역 근처 구축을 두어 개 보고 나서 형네 집 앞 부동산중개소에 들어갔다. 사장님의 두 눈이 빠르게 나를 훑는 것이 느껴졌지만 여전히 무슨 말로 시작해야 할지 몰라 어벙하게 서 있었다. 대신 형이 노련하게 말을 건넸다. "사장님, 친구가 집 좀 보려고 하는데 매물 뭐 있어요?" 사장님은 요즘 정말 나온 게 없다며 운을 띄우더니 내년 2월에 전세 빠지는 게 있는데 괜찮냐고 물었다. 형네 아파트 같은 단지에 24평짜리 전세 낀 4층 매물이 딱 하나 있었는데 6억이었다. (직전 해에 형이 같은 동 32평 집을 6억에 샀었다. 대박.) 세 낀 매물이라…. 형을 툭 치면서 슬쩍 물었다.

"세 낀 매물을 사면 그럼 나는 어디서 살아?"

"월셋집 구해서 반년만 살다가 전세 기간 끝나면 입주하면 되지." 아하, 님 혹시 천재?

전세 낀 아파트를 매매할 때는 주택담보대출을 받을 수 없다. 형은 전세금이 3억 5천만 원이니 전세 만기 전까진 지금 사는 오피스텔 보증금을 빼서 반절 정도 금액 마련을 하고 신용대출을 받아 대금을 치르면 문제없어 보인다고 했다. 같은 아파트에 살면서 대학교 후문 골목에서 오손도손 자취할 때처럼 놀아 보자는 형의 들뜬 바람과 사장님의 능숙한 언변, 부동산중개소 특유의 분위기에 압도된 나머지 충분히 고민하지 못한 상태로 다가오는 주에 집을 한번 보기로 약속을 잡았다. 지금 생각해 보면 당시 워낙 매물이 없다 보니 모처럼 어리바리한 어린애 하나 잡아서 실적이나 채우려는 뽐뿌질이 아니었나 싶기도 하지만, 역시나 꽃이 지고 나서야 봄인지를 알뿐이다. 그때 그 집을 잡았다면 이어진 집값 상승 파도에 나도 한번 올라타 봤을 것을!

　아무튼 사장님은 언제 방문할 건지 요일을 물었고, 그다음 주 목요일 저녁 정도가 좋겠다고 대답했다. 마침 그때쯤 부모님께서 서울에 올라오시기로 해서 같이 가서 둘러봐도 되겠다 싶었다.

　돌아가는 버스 안에서 그 4층 집은 이미 반 정도는 내 것처럼 느껴졌다. 흥분이 가시고 좀 차분해지자 멍한 기분이 밀려왔다. 동네 분위기나 한번 보면서 눈썰미나 기르려는 목적이었는데 분위기에 떠밀려 얼떨결에 마음속 계약을 해 버린 셈이었다. 왜 그 동네의 그 집을 사야 하는지 사실 나조차도 몰랐다. 주위 아파트 서너 개를 한 시간도 채 안 되는 시간 안에 쓱 둘러보고 계약하는 건 강남 아줌마들이나 하는 것 아닌가? 신발 하나 코트 하나 사는 일도 여러 가게를 들르는데, 연봉의 열두 배가 넘는 수억짜리 처음 보는 집을, 옆에서 좋다니까 그런가 보다 하며 덜컥 살 마음을 먹는 게 얼마나 대책 없는 짓인가 싶기도 했다. 돈도 없는 주제에 너무 나댔다. 그렇지만 한편으론 좋은 기회가 온 것 같기도 했고 생각해 봐야 머리만 아파서 집 문제는 일단 제쳐 놓은 채 한 주를 보냈다.

며칠 뒤 예정대로 부모님께서 올라오셨다. 동대문구에서 자취하던 동생까지 내 오피스텔에 모여 네 식구가 모처럼 식사도 하고 시간을 보냈다. 상도동 집 이야기를 꺼낼 타이밍을 계속 놓치는 사이 하루가 다 갔다. 그 전에 집 보러 다닌다고 운이라도 띄워 놨으면 좋았을 텐데 일주일 동안 집 생각을 아예 놓고 있었더니 이 순간이 왔다.

어머니한테라도 슬쩍 말해야 하는데 입이 떨어지지 않았다. '부동산중개소에 한번 다녀와 봤는데 다가오는 목요일에 집 한번 보러 가실 수 있을까요?' 이 짧은 요청이 목구멍에서만 맴돌았다. 워낙에 큰일이다 보니 부모님께 조언도 구해야 하는데, 답 안 나온다고 제쳐 두다가 이 사달이 나다니. 결국, 뜬금없는 타이밍에 뜬구름 잡듯 말을 꺼냈다.

"그, 얼마 전에 상도동 돌아본다고 갔다가 부동산에 다녀왔는데, J형네 아파트 밑에 4층 매물이 나왔던데, 그거를 다음 주에 한번 보러 가기로 했거든? 그때 오시기로 했었잖아요. 서울에. 그래서 올라오시는 김에 같이 가 볼까 했거든요? 그 상도동 집 보러 말이야. 그게 세 낀 매물인데 내년 2월에 빠진다더라고. 목요일에 보러 간다고 말은 해 놨는데, 이번에 같이 보러 한번 가볼까 하는데요."

아, 뭐라는 거야. 말하는 내가 더 혼란스러워지는 이 문장은. 면접이었다면 광탈할 각이었다. 그 집을 왜 사야만 하는지, 자금 마련 및 계획은 어떻게 되는지, 부모님께서는 뭘 좀 도와주시면 좋겠는지와 같은 요소들이 다 빠져 있었다. 논리는 물론이고 혼자만의 확신도 없었으니 반응은 뻔했다. 갑작스레 던진 아들의 내 집 마련 통보에 어머니는 당황하셨고 제대로 보고 왔냐, 생각은 깊이 해 봤냐, 당연히 물어보실만한 질문을 하셨다. 아파트란 응당 청약으로 마련하는 거라고 생각하시는 분들이기에 당연히 대화는 야당과 여당의 토론처럼 평행선을 달릴 수밖에 없었다. 안 그래도 확신 없이 말을 꺼냈던 나는 밑

천이 바닥나자 괜히 마음만 급해져서 버럭 짜증을 내고 말았다. 그냥 집 안 사고 평생 월세방이나 전전하며 살겠다고. 이야기가 생각대로 풀리지 않자 급발진을 해 버렸다.

　다가온 목요일에 우리는 상도동 집을 보러 가지 않았다. 죄송한 마음에, 그리고 그 와중에도 남아 있던 한 줌 서운함 때문에 몇 주간 부모님께 연락도 하지 않았다. 후회한 건 그로부터 3개월 뒤였다. 무주택 신세가 겁난 나머지 내가 잠시 돌았었구나. 집이 뭐라고 부모님께 그렇게 대들었을까. 게다가 그렇게 중요했다면 진작에 고민했어야 하는 게 맞다. 적어도 그날 저녁 차분하게 대화라도 시도했다면 다시 상도동에 살 기회를 잡을 수 있었을 텐데 말이다. 더는 다투고 싶지 않다는 회피성 태도로 내 집 마련의 꿈을 접어 버린 채 그로부터 또 1년이 흘렀다. 그렇게 서울에 살 수 있을지도 모르는 마지막 기회가 날아갔다.

수택동 현인은
이렇게 말했다

미국 네브래스카 오마하에 워런 버핏이 있다면 대한민국 경기도 구리시 수택동엔 워런 B핏이 있다. 학교 선배이자 친한 친구, 또 친형처럼 따르는 형님이 바로 그분이시다. 비슷한 집안에서 태어나 비슷한 스펙을 쌓고 비슷한 직장을 다니던 우리의 삶은 언젠가부터 전혀 안 비슷하다. 집 때문에. 전세살이 중이던 내가 1억을 겨우 모으는 동안 형은 결혼하면서 산 아파트를 굴리고 불려 20억 가까이 만들었다. 우리가 안 세월은 10년 가까이 됐지만, 이 사실을 알게 된 건 내가 자가 마련에 관심을 두기 시작한 얼마 전이었다.

형은 내가 요즘 가장 부러워하는 부류에 해당한다. 부동산 급 상승기 전에 결혼 같은 자연스러운 이슈로 인해 실거주를 위해서 집을 구매한 사람들. 물론 그때도 집값은 한두 푼이 아니었고 당연히 고민과 결단이 뒤따르는 일이긴 했겠지만, 그 뒤에 등장한 이상한 부동산 정책들의 여파로 아파트 가격이 미친 듯이 올랐으니, 비슷한 연령대인 무주택자들에겐 그보다 부러운 대상이 없다.

2018년에 결혼한 형은 수완까지 좋아 저평가된 매물을 잘 낚아챘고, 실거주 2년 뒤 두 배 가까이 오른 가격으로 집을 매도했다. 그리고 상승 여력이 있어 보이는 다른 지역으로 갈아 타기를 한 결과 이사한 지 1년도 되지 않아 그곳 호가가 훅 올랐다 했다. 신도시 아파트 분양권도 두 개나 보유하고 있다는 이야기를 들었을 땐 깜짝 놀랐다. 고작 서너 살 차이밖에 나지 않는데 벌써 집이 세 채라니!

이 이상 무주택 신세가 계속되다가는 더 후회하겠다는 생 각에 여기저기 임장을 다니기 시작했다. 그러면서 형에게 연 락하는 빈도도 늘어났다. 부동산 인터넷 카페를 여러 개 들락 거렸지만 역시나 형에게 물어보는 게 제일이었다. 원래 연락을 자주 했지만, 실질적인 도움을 요청하면서부터 대화의 소재나 분위기가 조금 달라지기 시작했다. 동년배 중에서도 특히나 부동산 지식이 해박한 B씨 성을 가진 형님을 나는 워런 B펏이라고 부르기 시작했다. 서민 레벨의 부동산 투자에 관한 어쩌면 오마하의 현인을 뛰어넘을지도 모르는 수택동 작은 자산가의 노력에 대한 인정과 선망을 담은 칭호였다.

마음을 먹고도 집을 사야 할지 3기 신도시 청약을 기다릴지 종종 흔들리는 내 눈빛을 볼 때마다 형은 촌철살인 같은 조언을 해 줬다. 1년 전 놓친 강동구와 동작구 아파트의 가격 상승률을 또 확인하곤 짜증 섞인 허탈함을 털어놓은 날엔 "백미러를 보지 말라"고 조언했고, 매수를 고민하던 아파트 거래가가 이미 고점 같다는 부동산 카페 게시글을 보여 주니 태연하게 고승처럼 "이것도 곧 추억의 가격이 되겠지"라며 선문답 같은 말을 했다.

놓고 보면 사실 모두 당연한 이야기였다. 경제과 1학년 시절 개론수업에서 배운 '매몰 비용의 오류'였다. 지나간 가격은 돌아오지 않는다. 학점은 겨우 B를 받았지만 이건 정확히 기억난다. 그러니 고점 같던 어제의 호가는 오늘의 신고가가 된다. 결국 다시금 올라간 호가를 보며 몇천만 원 덜 비쌌던 그저께 잡을 걸, 하고 후회하게 되는 경우가 생긴다. 재밌는 건 그러면서도 혹시 이번 실거래가가 정말 고점은 아닐까 의심을 하게 되는 심리다. 중이 제 머리 못 깎는다고, 냉철하다는 사람들도 그런 일이 막상 자기 앞에 닥치면 감정이 앞서서 제대로 판단하기가 쉽지 않다.

경험이 부족하면 더 힘들다. 그래서 상황을 객관적으로 볼 수 있는 제삼자와 상담하는 게 이성적인 선택을 내리는 데 도움이 된다. 다행스럽게도 부린이 중에 부린이인 내 옆엔 수택동의 현인이 계셨다. 방 안에 앉아 모르는 사람들이 쓴 아파트 임장기 100개 읽는 것보다 형과의 대화 10분에 마음이 한결 편해졌다. 차분하고 강단 있는 형의 모습에 나 역시 정신 똑바로 차리고 노력해야겠다는 긍정적인 에너지를 얻곤 했다.

천 번까지는 아니더라도 백 번은 흔들려야 집주인이 되나 보다. 사람이 흔들고 뉴스가 흔들고 여기저기서 막 옆구리를 찔러 대는데 보통 확신이나 정보가 부족할 때 쉽게 흔들린다. 이 훈수 저 훈수에 정말 그런가 보다 싶을 때가 한두 번이 아니었다. 충고라는 이름의 살 떨리는 말을 들은 적도 있었다.

"아무리 그래도 서울 시내 집으로 잡아야지." "구축은 좀 그렇지 않냐?" "무턱대고 들어가다간 그곳이 네 무덤이 될 수도 있다." 등등. 자가 매수라는 인생의 큰 고민을 짊어진 무대출 이력의 청년 멘탈은 이 입김 저 입김에도 휘날리는 갈대가 된다. 남이 픽픽 내뱉는 말에 갈팡질팡하지 말고 나만의 원칙을 잘 세워서 판단해야 한다는 걸 머리로는 알면서도 어제도 나는 흔들렸다. 향후 몇 년 내에 폭발적인 아파트 공급이 있을 거라는, 그래서 집값이 폭락할 거라는 회사 차장님의 말을 듣고서였다. 내가 불안한 눈빛으로 그 이야기를 들려주자 수택동의 현인은 너무나 편안한 표정으로 이렇게 말했다. "그래서, 그 사람은 등기 쳐 봤대?"

경기도는 처음이라

2020년 공부와 결단력이 부족해 암사동과 풍납동 그리고 상도동 아파트까지 연이어 놓친 나는 마음이 지칠 대로 지쳐 있었다. 자다가도 벌떡 깨고 부동산 뉴스만 보면 짜증이 스멀대던 시기를 지나 서울 시내에 집 사는 건 포기해야겠다는 체념마저 들었다. 서울 시내 어딘가에 숨어 있을 저평가된 매물은 내 실력으론 찾기 힘들다는 너무나 당연한 사실을 내내 부정하다가 결국 받아들이기로 했다. 말도 안 되는 실력으로 고집만 부리다간 내 집 마련이란 목표에서 계속 멀어질 것 같았다. 다시 원점으로 돌아가 현재 가지고 있는 예산과 당길 수 있는(?) 돈, 그리고 대출 시 매달 갚아 나가야 할 금액을 엑셀로 업데이트해 가며 현실적인 지역의 현실적인 매물을 찾아보기 시작했다.

혹시나 하는 마음에 희망을 얹어 중심부 위주로만 확대해서 보던 서울 시내 지도를 조금 축소해서 위쪽 강북 3구(노원구, 도봉구, 강북구) 매물을 샅샅이 뒤져 정리했다. 학군도 좋고 철도가 추가로 들어올 예정이라 투자 가치도 높았으나 직장이 있는 여의도에서 멀다는 이유로 일단 후순위로 둔 동네들이 보였다.

'노·도·강'에는 현재 가용자금으로 들어갈 수 있는 아파트가 그나마 좀 있는 편이었다. 손가락으로 지도를 스르륵 훑다가 멈춘 상계동 이모네도 그새 엄청나게 올랐다. 상계역에서 여의도역은 지하철 이동만으로도 50분 거리니, 도어 투 도어로는 1시간 10분 정도. 가격대를 따라서 매물을 찾다 보니 회사와의 거리가 점점 늘어나는 건 어쩔 수 없었다. 그렇게 강북의 아파트 위치와 직장에서의 거리를 재 보는 사이 한 시간 반이 훌쩍 지나가 버렸다.

현재 자금력으론 강남이나 여의도, 종로처럼 중심지에 가까운 동네의 20평대 구축 아파트는 언감생심인 상황에서 부모님은 10평대라도 서울 내 아파트를 선호하셨다. 나는 18평의 경우 오피스텔이나 아파텔 같은 대체 공급제가 많으니 피하자는 입장이었다. 여력이 된다면 당연히 서울이 좋겠지만 또다시 자금을 모으기 위해 흘려보낼 시간 동안 집값은 더 뛸 것 같았다. 그리고 별 이슈가 없는 서울 끝자락 아파트를 이유 없이 고집하기보다는 수도권에서 작더라도 확실한 호재가 있는 지역을 선택하는 게 낫겠다는 생각이 들었다.

강북구, 중랑구의 구축 아파트를 보다 말고 얼마 전 수택동 현인과의 통화가 생각났다. "서울 좋은 거 누가 모르나? 근데 여력이 안 되는 상황에서 서울만 고집할 필요가 없지. 가능한 집을 잡아서 점점 점프해 나가야지." 겁나 뼈 때리는 말이었다. 워런 B핏께선 곧바로 강남 입성할 거 아니면 굳이 서울을 고집할 이유가 없다고 했다. 다 쓰러져 가는 10평짜리라도 서울은 서울이라느니, 경기도는 너무 멀지 않냐느니, 대부분 이런 인식 때문에 서울에 인접한 경기도 도시들의 경우 아직도 저평가된 지역이 많다고. 다른 사람도 아니고 그가 추천한 길이니만큼 서울 바라기를 내려놓고 그 방향으로도 고려해 보자 싶었다. 그래, 첫술에 배부르랴. 메신저를 주고받다 주말에 만나 점심을 먹고 겸사겸사 동네 임장을 같이하기로 했다. 그렇게 처음으로 경기도로 눈을 돌리게 됐다.

토요일 오후 편한 신발을 신고 집에서 나왔다. 목적지는 경기도 구리시. 신길역에서 1호선을 타고 쭉 가다가 회기에서 내려 중앙선으로 갈아탔다. 동생 집이 근처였는데 같은 서울에 살면서도 멀다고 서로 자주 보지 못했다. 다시 대여섯 정거장을 더 이동해 수택동 현인의 본거지에 도착했다. 형이 첫 번째로 추천한 인창동 한 아파트는 구리역을 바로 끼고 있는 게 장점이었다. 역을 중심으로 백화점과 영화관 등 편의시설도 여럿 있었다.

인근 부동산중개사무소에도 들어갔다. 8호선 별내선 연장 구간에 포함된 덕에 실수요나 투자 수요까지 몰리고 있다더니 정말 매물이 거의 없었다. 어르신들이 사시던 집 몇 개가 다녔는데 그중 한곳을 가 봤다. 구축＋복도식은 작년 임장 때 단련된 덕에 익숙했지만, 너무 오래되어 겉이 바래고 찌그러진 현관문에는 적잖이 당황했다. 집주인 어르신만큼이나 연식 있는 그 문으로 들어가 집 안 구석구석을 둘러봤다. 구축인 점을 고려하면서 봐도 수리비가 엄청 많이 들어가야 할 것 같았다. 베란다에 주렁주렁 널린 마늘과 메주를 보고는 결국 표정 관리에 실패하고 곧바로 집을 나왔다. 다른 집들도 상태가 비슷하냐고 물으니 사장님은 잠시 망설이다가 고개를 끄덕였다. 그 아파트 단지에서의 내 모습이 상상이 안 갔다. 스스로가 참 까탈스러운 벼락거지라 생각하면서도 그 집은 그냥 제치기로 했다.

그러곤 해가 지기 전에 옆 동네인 수택동으로 이동했다. 인창동과 달리 아직 역세권이 아니었던 그곳은 전형적인 주거단지였다. 술집과 식당가 대신 아파트와 작은 상가가 많아 비교적 조용했다. 광교나 일산처럼 호수공원이 근처에 있는 점도 좋았다. 한창 공사 중인 지하철역이 완공될 시 더 살기 좋아질 것 같았다. 중개사무소 한 곳에 들어가 소개받은 매물 몇 개를 아까보다 적극적으로 둘러봤다. 중개소 사장님은 "이게 마지막 남은 매물이다.", "요즘은 집 안 보고 계약금부터 보내고 본다." 식의 말들을 섞어 가며 설명하셨고, 그럴 때마다 나는 초조해져서 옆에 앉은 형을 쳐다봤다.

해가 질 때쯤 임장을 마쳤다. 야채곱창집에서 간단하게 반주하면서 오늘의 총평을 했다. 조용한 분위기와 산책할 만한 큰 공원이 근처에 있다는 점에서 일단 호의적으로 시작하다

얕은 내공으로 금방 어수선해진 나의 임장기를 들은 B핏의 정리는 다음과 같았다.

[매수 이유 1 : 확실한 호재] 지하철에 따른 집값 상승은 보통 개발 발표, 착공, 완공 시 총 세 번 있다고 한다. 내가 매물을 보던 무렵에 8호선 공사를 시작해 2년 뒤인 2023년에 완공될 예정이었다. 집값이 이미 두 번이나 올랐다고 마지막 한 번의 상승 전 구매를 포기하는 건 내 집 마련 목표가 크지 않은 거랬다. 집이든 돈이든 행동하는 사람만이 쟁취한다며.

[매수 이유 2 : 강남 접근성] 서울의 중심지로는 여의도도 있고 종로도 있고 신촌도 있지만, 그래도 결국 강남이랬다. 뒤로 구르고 옆으로 굴러도 중심은 강남이라니 강남역 근방에 얼마나 빠르고 편하게 도착하는지가 관건이다. 8호선 개통 시 잠실까지 15분, 강남역까지 30분 내로 도착하는 아름다운 그림이 그려졌다.

[매수 이유 3 : 1주택은 선택이 아니라 필수] 시간이 얼마나 걸리든 청약 존버할 자신이 없다면 이러니저러니 해도 일단 무주택 생활은 얼른 청산해야 한댔다. 임장이나 집값 마련 같은 초반 고생만 해내면 적어도 추가적인 수고를 덜 수 있다. 전세가가 오를 걱정, 죽 쒀서 집주인 주는 듯한 상대적 박탈감,

주기적으로 이사 다녀야 하는 번거로움, 내 집 마련의 큰 숙제에 대한 부담감까지. 실거주 시 어느 정도의 삶의 질을 보장해주는 인프라가 갖춰진 이런 동네라면 더욱 군침이 돌밖에.

오는 길에 본 부동산 하락기에 대한 염려 영상 이야기를 형에게 들려줬다. 듣고 보니 맞는 말 같기도 하고 아니기도 했는데, 형은 어떻게 생각하는지 궁금했다.

"뭐, 세계적인 이슈가 발생하지 않는 한 몇 년 안에 집값이 내려갈 일은 없을 거 같지만 그래도 100퍼센트라는 건 없으니 그 말이 맞을 수도 있지. 그래서 행여나 찾아올 부동산 하락기에도 버틸 수 있는 곳을 잡아야 해. 오피스 단지 가까운 곳, 역세권, 그중에서도 철도나 지하철 개통하는 지역의 집값 상승은 추측이 아니라 그냥 과학이야."

경기도는 처음이었지만 동네 분위기가 썩 마음에 들었고 현 예산으로 가능한 괜찮은 집들도 있었다. 회사에서 멀고 아직 역세권이 아니란 점이 문제라면 문제였지만 그 의식의 흐름을 타고 가다 또 한 번 벼락거지역에 도착하는 것보단 낫겠지. 생존 앞에 출퇴근길이 멀어지고 자시고는 후순위가 됐다. 그래도 원래 몸테크는 젊고 미혼일 때 하는 거라나.

놓치면서 배운 사실,
고민은 빠르게 계약금은 속전속결로

구리 아파트 임장을 마치고 집으로 가는 지하철 안에서 낮에 들른 부동산중개사무소에 전화를 걸어 아까 봤던 매물 중하나에 가계약 의사를 전했다. 내가 방문했던 직전까지도 보러 오는 손님이 줄을 섰던 제일 핫한 집이었다. 가진 돈에 대출좀 받으면 어찌어찌 예산에 맞춰 볼 수 있을 것 같았고, 함께본 워런 B핏도 괜찮은 선택 같다고 했다. 그래도 내가 무슨 강남 아줌마도 아니고 처음 답사한 동네에서 고작 두 시간 전에본 집을 덜컥 사나 싶어서 좀 더 고민해 볼 참이었다. 애초에동네 분위기나 한번 보러 온 거지 좋은 매물이 있다고 계약까지 할 마음은 없었으니까. 한데, 야채곱창에 곁들여 마신 소맥

이 용기라도 불어넣은 걸까. 그게 용기일지 객기일지는 지켜 봐야 알겠지만, 갈팡질팡하지 말고 뭐든 결단을 내리라는 듯 툭툭 찔러 대는 술기운에 어디선가 봤던 말이 떠올랐다. '할까 말까 할 때는 해라!'

저녁 9시가 넘은 시간이었지만 중개소 사장님은 바로 전화 를 받았고, 구체적인 건 이틀 뒤인 월요일에 다시 이야기하자 고 했다. 가계약금은 굳이 바로 보내지 않아도 된다고 해서 보 내지 않았다. 사실 B핏 형은 가계약금을 천만 원이라도 넣어 두라고 했다. 그렇지만 그 전에 부모님께 먼저 말씀을 드려야 할 것 같았고, 또 이미 매물을 확보한 상태와 다름없다는 생각 에 킵해 둔 채 조금 더 숙고해 보자는 마음이 앞섰다.

이어서 부모님께 전화로 계획을 알렸다. 부모님은 놀라시 긴 했지만 계약하지 말라는 말씀은 하지 않으셨다. 경기도 + 구축 아파트, 이 두 키워드만으로도 두 분 의견과 달라 선뜻 내 키지 않으셨을 텐데도 내 의사를 존중해 주셨다. 다만 처음 답 사한 동네에서 한 번 본 집을 대차게 계약하려는 아들이 걱정 되셨는지 신중하게 잘 판단하라셨다. 스스로도 너무 급한 결 정은 아닌지 의문이 드는 마당에 부모님께 그런 말을 들으니 내가 정말 잘하고 있는 건지 혼란스러웠다.

일요일 오후에 중개소에서 전화가 왔다. 지금 다른 중개소를 통해서도 계약을 원하는 사람이 여럿이라 계약금을 일부 넣어 주면 어떻겠냐고 했다. 나는 바로 안 넣어도 된다면 내일 결정하고 싶다고 말하고 전화를 끊었다. 이런저런 가정으로 머릿속이 복잡해서 남은 휴일 내내 마음이 롤러코스터를 탔다.

월요일 오전 10시부터 '031' 지역 번호로 전화가 오기 시작했다. 일이 많기도 했지만 뭔가 확답 주는 상황을 회피하고 싶어 전화를 받지 않았다. 아직 마음을 정하지 않은 상태로 5억이 넘는 아파트를 계약하기 껄끄러웠지만 동시에 놓치고 싶지도 않았다. 이러지도 저러지도 못한 채 갈팡질팡하는 사이 해가 저물고 있었다. 그때, 진동부터 왠지 모르게 찜찜한 문자 메시지 알람이 울렸다. 부동산중개소 사장님이었다. '어떡하죠? 여기저기서 매수 문의가 들어오는 바람에 집주인이 현 세입자 이사 비용 지급까지 요구하네요. 매도가를 700만 원 정도 더 올리겠대요.'

머리카락이 쭈뼛 서는 것을 느끼며 바로 전화를 걸었다. 침착한 체하며 어떻게 된 일이냐고 물었으나 매물값을 올리기로 했다는, 메시지와 동일한 이야기를 또 한 번 들을 뿐이었다. 사장님은, 다른 매수 희망자들은 웃돈을 천만 원 주고서라도 잡으려 한다며 서둘러 계약금부터 보내 달라고 했다. 나는 다시 고민에 잠겼다. 일단 생돈 몇백을 더 주게 생겼을뿐더러 이거 일부러 돈 더 받으려는 퍼포먼스 아닌가 의심이 들었다.

상황이 이러저러하다며 부모님과 B핏 형에게 조언을 구했다. 안 그래도 탐탁지 않은 걸 참고 있던 아버지는 그렇게까지 해서 그 집을 사야 하냐고 하셨고, B핏 형은 그러다 매물을 놓치겠다며 염려했다. 부정적인 의견과 긍정적인 의견 사이에서 또 30분 남짓한 시간이 지났을까. 저녁 7시 50분쯤 집주인이 웃돈을 더 얹은 금액으로 사겠다는 사람에게 매물을 넘기기로 했다는 전화를 마지막으로 상황이 일단락됐다. 그렇게 나는 매물을 뺏겼다. 아니, 우선순위를 놓쳤다는 표현이 좀 더 정확하겠다. 사겠다는 의사만 표명했을 뿐 계약금을 보내지 않았으니 애초에 내 것이었던 적이 없었으니까. 선택의 순간에 갈팡질팡하는 드라마 주인공을 보며 답답하게 뭐 하는 짓이냐고 한심해하곤 했는데. 막상 내 일이 되니 시원하게 결정 내리기가 왜 이리 힘이 드는지 모르겠다.

내가 떠나보낸 매물은 한 달 새 5천만 원이 오르더니 석 달이 지나자 무려 1억 가까이 올랐다. 무슨 게임도 아니고. 아무튼 마시면서 배우는 술자리 게임처럼 놓치면서 배우는 것이 있었다. 비록 가슴이 쓰리긴 했지만 확실하게 배웠다. 고민은 빠르게, 계약금은 속전속결로. 매물을 보고 오던 날 몇 시간 만에 공인중개사에게 전화해 매수 의사를 밝힌 것 자체는 일단 잘했다. 그렇게 우선 확보해 뒀으면 고민도 빠르게 해야 했다. 내 경우 결정이 지체된 이유가 정보와 확신의 부족이었는데, 사전에 미리미리 알아보고 공부해 두는 것이 필요함을 배웠다. 기회가 왔을 때 준비를 시작하면 늦다. 기회란 걸 알았을 때 후딱 낚아채야 한다. 시장과 매도자는 우릴 하염없이 기다려 주지 않으니까.

이후 한동안은 술자리에서든 밥자리에서든 아쉬움과 짜증을 섞어 "그때 그 집을 샀어야 했는데!"를 외치곤 했다. B핏 형은 본인도 부린이 시절 그런 적 있었다며 위로를 건넸다. 스트레스받아 봐야 내 머리만 아프고 평정심을 잃으면 다음 기회마저 놓칠 수 있으니 백미러를 보지 말라고 말이다. 덕분에 배운 게 하나 더 있다. 결과가 어떻든, 머리는 언제나 차갑게 유지해야 한다는 거. 그래야 다음엔 실수하지 않는다.

열정이 사라졌다 다시 생겼는데,
매물이 있다 없어져서요

깨달음은 얻었지만 차가운 머리를 유지하는 건 쉽지가 않았다. 작년에 이어 눈앞에서 벼락거지 탈출구를 놓친 아쉬움, 거기에 갈수록 올라만 가는 집값 때문에 속앓이가 계속됐다. 스스로도 확신하지 못해 놓고는 왜 그때 집을 못 사게 막으셨냐며 부모님께 괜한 투정을 부린 적도 있었다. 어차피 이제 더 올라서 살 수도 없다고, 그냥 평생 무주택 인생으로 살다 죽겠다는 유치한 선언을 하고는 정말로 한동안 잊고 지냈던 내 집 마련의 목표. 생각해 봐야 희망 고문일 뿐인 부동산 소식에는 귀를 닫은 채 집-회사-집-회사를 오가며 무심히도 성실한 도시 노동자의 삶을 살아갔다. 가끔, 예전에 봤던 집들을 검색해 어김없이 오른 가격을 확인하곤 나지막이 욕을 내뱉긴 했지만, 다시 애써 무시하는 나날이 두 달 정도 이어졌다.

　그날은 특히나 마음이 허해서 퇴근하자마자 귀가해 일찍 자리에 누웠다. 뒤숭숭한 기분에 잠이 오지 않아 웹툰을 들여다보다가 그것도 재미가 없어 음악을 틀고 자리에 누웠다. 플레이리스트가 넘어가다 유재석과 이적이 부른 〈말하는 대로〉가 흘러나왔다. '사실은 한 번도 미친 듯 그렇게 달려든 적이 없었다는 것을~'

　회사 다니다가 가끔 힘들 때 이 노랫말에 위로받곤 했는데 이번엔 정신이 바짝 들었다. 집. 집을 사고 싶다. 집을 사야 한다. 입에 달고 살았지만 돌아보니 나 자신에게 떳떳할 정도로 공부하고 알아보진 않았다. 고맙게도 주변에 좋은 정보를 알려 주는 형들이 있었고, 운이 좋아 괜찮은 매물을 발견했으나 내가 준비되어 있지 않아 놓쳤다. 그래 놓고 아쉬운 결과를 받아들이지 못하고 자책으로 자신을 갉아먹으며 남 탓이나 했다. 지난 일을 발판 삼아 다시 한번 도전하려는 의지도, 훌훌 털어 내고 미래 청약이나 기약하는 호방함도 어느 하나 갖추지 못한 채 꽁하니 앓고만 있었다.

이적의 목소리가 후렴구를 울릴 때 흐느적대는 몸을 일으켜 세웠다. 그래야만 할 것 같았다. 내 집 마련 생각을 내려놓은 지 두 달 반이 넘어서야 다시 마음을 다잡아 먹었다. 밤 12시 늦은 시간이었지만 잠이 오지 않았다. 물 들어온 김에 노를 당장 저어야만 했다. 말 그대로 미친 듯이 마우스를 클릭했다. 어김없이 강한 매수세가 휘몰아치는 올해의 부동산 시장을 보면서도 주춤할 수가 없었다. 왠지 이 시기를 놓치면 또 한 번 후회할 것 같은 마음 때문에.

처음으로 돌아가 차근차근 손품부터 다시 팔기 시작했다. 현재 재무 상황에서 작더라도 확실한 호재 기준에 부합하는 지역을 노리기로 했다. 경기도 평촌과 구리로 솎아졌다. 지금 상황에서 가능한 매물 리스트를 뽑았고 매물이 위치한 동네의 PIR까지 확인해 봤다. PIR(가구소득 대비 주택 가격)은 주택 가격이 가구의 연간 소득 대비 몇 배인지를 보여 주는 지표로, 그 아파트에 사는 사람들이 몇 년을 모아야 그 집을 살 수 있는지를 대략 볼 수 있다. 이런 자료로 매물이 저평가됐다, 고평가됐다 결론 내리긴 뭐하지만, 하나라도 더 알아 두고 싶은 마음에 참고삼고 싶었다. 그렇게 걸러낸 매물을 보유한 부동산중개소에 다음 날 아침 9시 예약 문자로 문의를 걸어 놨다. 이번에 매치(?)가 성사된다면 눈에 불을 켜고 달려들겠다는 나의 의지였다. 집 나간 열정이 다시 돌아왔다. 그런데 이번에는 매물이 문제였다.

"안녕하세요. D 아파트 문의 남기셨더라고요~."

"아! 네, 어제 잠깐 문자 주고받았죠?"

"네~ 그런데 어쩌죠? 매도자가 집을 안 팔겠다네요?"

"예? 갑자기요?"

"선생님처럼 매물 문의하는 분들이 많다 보니까 집이 더 오를 거 같다는 기대심리 때문에 좀 더 갖고 있겠다, 뭐 이런 거죠. 정말 내가 다 미안하네."

"아니, 어제까진 이번 주말에 보러 오라고 해 놓곤 바로 오늘 매물 뺐다는 게 당황스럽긴 하네요."

"그러니까요. 그렇다고 집주인이 매물 빼겠다는데 내가 뭐라 할 수도 없고…."

안 그래도 적던 매물은 그간 씨가 말라 있었다. 이따금 보이는 건 저층에 동서향 매물뿐, 그마저도 곧 빠졌다. 며칠 만에 호가를 몇천만 원 올리거나 아예 매물을 거둬들이는 극심한 매도자 우위 시장이 펼쳐졌다. 집주인 아니면 정말 서러워서 살겠나 싶었다. 의욕에 불타오르는 나와는 달리 중개사무소 분들은 냉담하다 싶을 정도로 차분했다. "아이고- 어쩌나- 매물이 없는데-." 그 무렵 대화를 나눈 중개소 사장님들의 오프닝 멘트다. 아닌 게 아니라 중개소 사장님들에겐 부부 고객이나 사오십 대 사모님들이 가망 고객 1순위이고, 나같이 구매력 없어 보이는 서른 살 청년은 후순위로 미루는 경향이 있었다. 부동산중개소에 계속 노크하는 수밖에 없었다. 자주 통화한 연락처 목록이 변동됐다. 1등 어머니, 2등 아버지, 3등 워런B핏이었는데 앞자리를 모두 중개사무소가 차지했다. 그런데도 한동안은 같은 레퍼토리였다. 검색해 보니 매물이 매물 리스트에는 있긴 있었는데, 전화해 보면 사라지고 없었다. 집 한 채 사는 게 이렇게나 어려울 일인가 싶었다.

종잣돈 모으기 운동

어릴 적 외자 이름이 참 멋있더라. 초등학교 때 같은 반에 '박 단'이라는 이름을 가진 친구가 있었는데 꽤 친하게 지내다가 이제는 기억도 안 나는 이유로 싸우고 멀어졌다. 아무튼, 이쯤 해서 임장 경험이나 결단력만큼 중요한 이야기를 조금 나눠 볼까 한다. 역시 외자다. 돈. 안 그래도 중요한 돈이 그 명칭까지 한 글자라서 더욱 임팩트 있게 느껴지는 모양이다.

집을 사야겠다는 내 말에 나이와 상관없이 열에 여덟은 이렇게 물었다. "돈 있어?" "돈 많아?" 그렇지는 않다고 대답하면 다시 이렇게 물었다. "그러면 어떻게 사?" 다시 대답했다. "음,

돈이 없진 않으니까?" 말장난 같지만 사실이다. 많지는 않지만, 또 아예 없지도 않았다. 단지 조금 아주 많이 부족할 뿐이지(이렇게 말하니까 어느 TV프로에서 조세호 씨가 '이 집을 살까 했는데 9억이 모자라서 전세로 산다'던 드립이 생각난다).

결코 돈이 인생의 전부는 아니지만, 집 살 때는 뭐니 뭐니 해도 머니가 많으면 무조건 좋다. 요 몇 년 사이 집값이 더 오르는 바람에 소수의 금수저를 제외하면 돈 마련하기가 더 힘들어졌지만, 그래도 별수 있나. 어떻게든 마련할밖에. 그럼에도 불구하고 우리는 집을 사기로 결심했으니깐.

집을 사려면 결국 대출이 필수긴 하지만 그래 봐야 반절밖에 못 빌리니 집을 사려는 계획이 있다면 자금을 미리 어느 정도는 세팅해 놓아야 한다. 하지만 알다시피 돈은 잘 안 모인다. 막 사회생활을 시작했다면 더 그렇다. 전문직을 제외하고는 평균 한 달에 100만 원에서 150만 원 정도, 1년이면 천만 원 남짓 모이더라. 언제 1억을 모으나 싶겠지만, IMF 때 나라의 큰 빚을 십시일반 메운 금 모으기 운동처럼 작정하고 하면 또 할 수 있다. 0원에서 시작하는 재테크는 딴 거 없고 종잣돈 마련이 1번이다. 최소 3천만 원까진 소가 밭 갈듯 묵묵히 그저 모아야 한다. 정기적금을 들고, 이자율 높은 저축은행 계좌를 입출금 계좌로 기본적으로 활용하면 좋다. 적금은 1년 만기를 추천한다. 장기로 들면 긴장감도 없고 안일해진다.

목표 금액을 분기별로 정해 놓고 달리면 돈이 쌓이는 속도가 점점 붙는다. 언제까지 얼마를 모은다는 데드라인을 정해 두고 중간 점검을 하면 좋다. 매월 수입과 지출을 쭉 줄 세워 놓고 복기하다 보면 소비 패턴이 보이고 불필요한 소비를 줄일 수 있다. 요즘은 카드 앱이 잘 돼 있어서 카테고리별로 소비 항목을 금방 확인할 수 있다. 그렇게 줄인 지출로 적금을 하나 더 들 수 있다. 나는 연초에 100만 원짜리 적금 상품 하나, 상반기에 50만 원짜리 또 하나, 하반기에 30만 원짜리 적금을 추가로 들곤 했다. 취업도 했겠다, 한창 놀기 좋아할 이십 대 중반에 소비를 줄이는 게 쉽진 않았지만 투자할 종잣돈 만드는 시간을 줄인다는 목표로 겨우겨우 해 나갔던 것 같다.

우리 같은 일반 직장인들의 재테크는 부자나 사업가들과는 완전 다르다. 삼십 대 기준으로 월급 실수령액이 400만 원이 되기 전까진 일단 덜 쓰는 게 돈 버는 길이라고 생각한다. 버는 돈이 적을수록 소비를 줄이는 것만큼 효과 큰 재테크는 없다고 본다.

5천만 원 정도 모였다면 이제 5부 능선을 넘은 거다. 적금 말고 다른 금융상품에도 눈 돌려봄 직한 시기다. 언제까지 지지부진한 수익률의 적금만 부을 수는 없으니 말이다. 나는 주식보다 펀드로 스타트를 끊었다. '종잣돈 1억을 모으기 전까진 절대로 잃지 않는 재테크를 한다'는 자산 관리 원칙을 세웠기 때문이었다. 잃지 않는 재테크라고 해서 막연히 돼지 저금통에 돈 밀어 넣자는 건 아니다. 최소한 물가 상승률과 은행 이자율보다 높은 수익을 낸다는 관점에서 안전이 어느 정도 보장된 금융상품을 포함해 포트폴리오를 짰다.

우선 전체 자산의 30% 내에서 원금 보장형 ELS 펀드와 해외펀드에 절반씩 투자했다. 그리고 매달 들어오는 월급을 삼등분 해서 생활비로 4분의 1 남짓 쓰고, 주식형 펀드와 채권형 펀드에 4분의 1씩 계속 투자했다. 다행히 지방 근무 중에는 부모님 댁에서 숙식을 해결할 수 있어서 주거비로 나가는 돈을 아껴 투자할 수 있었다. 주식까지 포함해서 여태 손실을 본 적이 한 번도 없었는데, 투자를 잘했다기보단 욕심을 많이 내지 않았기 때문인 것 같다. 수익률이 10~20% 사이에 다다르면 바로 매도했다.

돈이 얼마 없다 보니 일단 높은 수익률보다 확실한 이익을 내는 쪽으로 방향을 잡았다. 주식에 관심이 있으면 공부를 열심히 해서 주식에 투자해도 괜찮다. 대신 보유 자산의 30% 정도로만. 만에 하나 다 날린다고 해도 타격이 그렇게 크지는 않을 정도로 말이다. 요즘 주식이다 코인이다 일확천금 루트가 꽤 많기도 하다. 코인 그래프 보면서 달까지 가자! 외치다가 기껏 모은 돈이 바람에 날려 가는 경우 역시 꽤 봤다. 자산이 적을수록 잃을 경우 다시 회복하는 데 시간과 노력이 많이 들기 때문에 신중해야 한다. 우리의 목표는 지금 달까지 가자고 무작정 비는 것이 아니라, 달까지 확실하게 태워 줄 로켓(종잣돈) 마련임을 잊지 않기로 하자.

종잣돈 1억 만들기 전까지는 철저히 승리하는 재테크만 하려 한 나처럼 자산 관리에 대한 원칙을 세우면 장담하건대 확실히 돈이 모인다. 예를 들면 '모임에 쓰는 지출을 기존의 70%로 줄이기'라는 원칙을 세웠다고 하자. 친구들을 덜 만날수록 티끌이 모여 태산이 되는 시간이 좀 더 당겨지겠지만, 우리가 무슨 솔거노비도 아니고 그렇게까지 팍팍하게 살 필요는 없다. 술 먹고 놀러 다니고 싶은 마음이 들면 그래도 된다. 놀다 보면 원칙이고 뭐고 까맣게 잊어버리고 카드 팍팍 긁을 위험이 있지 않냐고? 괜찮다. 결국 원칙이 중심을 잡아 줄 거다. 정확히는, 원칙에 대한 부담감이 정신 차리라며 딱밤 한 대씩 날려 줄 거다.

괜히 원칙이라는 거창한 단어까지 쓴 게 아니다. 내가 세운 자산 관리 계획이 실제론 소소한 약속 수준이지만, 원칙이랍시고 명명하고 또 생각하다 보면 나도 모르게 체득이 돼서 잘 잊지 않는다. 원칙이란 놈이 양심을 쿡쿡 찔러 다섯 잔 마실 거세 잔에 만족하며 끊을 수 있게 도와 줄 테니까. 행여 결제 폭주하더라도 다음엔 좀 작작 마시자는 복기를 하게 될 거다. 이름하여 '돌아온 탕아'의 마음가짐이다. 탕아는 개판 쳤던 과거만큼이나 돌아와선 제대로 살려고 하기 마련이다. 조금 오버스럽지만 그러니까 원칙은 돈 모으기 운동에도 꽤 도움이 된다. 혹시나 기대보다 돈이 덜 모이더라도 후회는 적을 거다. 어쨌거나 최선을 다해 본 셈이니까. 돌아봐서 최선을 다하지 않았다면 돌아온 탕아의 마음이 발동해서 만회를 위해 더 열심히 살게 될 거고. 물론 그 근원(原)과 법칙(則)을 지키려는 마음이 바탕이 된다는 전제하에.

아, 아까 월급에서 나머지 4분의 1은 어디에 썼냐고? 적 to

the 금. 모든 투자가 실패해도 실낱같은 동아줄은 남겨 놔야 하니 보험으로 적금 하나 정도는 고정값으로 계속 돌려 나갔다. 덕분에 큰 위기 없이 여행 다닐 만큼 다니고 놀 만큼 놀면서 3년 안에 1억을 만들 수 있었다. 언제 다 모으나 한숨도 자주 쉬었지만, 느려도 꾸준히 쌓여 가는 돈을 보며 게임 레벨 올리는 것처럼 재미도 느꼈다.

종잣돈 마련은 지구력 싸움이자 자기와의 싸움이다. 남들 말에 귀 팔랑거리지 말고(우리가 덤보는 아니잖아?), 다른 사람과 비교하지 말고, 지치지도 말고, 꾸준히 모으고 또 모으다 보면 티끌 모아 태산은 아니라도 동산은 만들 수 있다.

마지막으로 꼭 해 주고 싶은 말은, 집은 금도 아니고 피, 땀, 눈물도 아닌 철근과 콘크리트로 지어진다는 점! 재료만 놓고 보자면 곱게 자란 금수저 은수저들보다 동수저, 철수저, 돌수저인 우리랑 더 잘 어울린다. 완전 궤변이라고? 그냥 기분 좋게 그렇게 믿자.

찾았다, 우리 집!

앞에서도 이야기했지만, 누가 내게 좋은 매물을 잡는 팁을 물어본다면 부동산중개소 사장님들을 대할 때 정말 살 것 같은 뉘앙스를 풍기는 것이 중요하다고 말하고 싶다. 네이버 부동산에 올라오는 매물을 매일 확인하며 종종 문의 전화를 넣었다. 바로 입주 가능하니 혹시 이러이러한 집이 나오면 연락 꼭 달라고. 전화도 좋지만 실제로 중개사무소 문을 두드리는 발걸음은 특히나 진실해 보일 거다. 나로서도 인터넷 들여다보며 손품 파는 것보단 두 눈으로 직접 확인하는 편이 좋기도 하고 말이다. 주말 시간을 투자해서 사무실에도 들르다 보니 사장님들이 아직 인터넷에 올리지 않은 매물을 풀기 시작했다. 그렇게 사장님과 은밀한 통화 후 구리시 수택동을 다시 한번 방문했다. 감사하게도 임장 멘토 암사동 K형이 동행해 줬다. 그간 더 좋은 집이 있을까, 더 싼 게 나왔을까, 망설이기만 하다가 몇 번의 기회를 놓쳤는가 말이다. 괜찮은 매물이 있다면 이번에는 바로 계약해 버릴 생각이었다. 구리암사대교를 넘어 경기도의 초입에 들어서자 비장함까지 들었다.

중개소 사장님이 어느 아파트 단지 안으로 들어오라고 일러 주셔서 우리는 미리 골라 둔 매물과 함께 사장님이 추천하는 몇 곳을 둘러보기로 했다. 예전에 원룸 구하러 다닐 때와 마찬가지로 사장님의 부동산 전매특허 기술이 바로 들어왔다. 제일 좋은(가장 비싼) 매물 먼저 보여 줘서 눈 높여 놓기. 여기저기서 연락해 오는 통에 겨우 확보해 놨다는 27평 아파트는 구축이지만 계단식에다 구조도 괜찮고 수리도 어느 정도 되어 있는 데다 층과 방향도 적당했다. 집이 참 좋지 않냐는 사장님 말에 고개를 끄덕였다.

자, 하지만 무턱대고 눈만 높아지면 큰일 난다. 수수료 때문에 어쨌든 비싼 집을 팔아야 좋은 중개소 사장님과 달리 나는 예산에 맞춰 가성비를 따져야 했다. 장단점을 찾아 그 값을 하는지 저울질해야 했다. 그 집의 단점은 아파트 단지에서도 너무 안쪽에 위치해서 대로까지 가려면 은근히 오래 걸어야 한다는 점이었다. 걸음걸이에 따라 4~5분 정도. 출근 시간대엔 단 몇 분도 귀하니 나름 맘이 쓰이는 단점이었다. K형은 될 수 있으면 이런 계단식 아파트를 잡자고 했고 가능하다면 나도 그러고 싶었지만, 예산에서 1억은 더 들여야 했다. 그리고 웃돈을 내고 살 정도의 가치까진 없겠다는 판단을 내렸다.

이어서 내가 점 찍어 뒀던 아파트 단지에 들어왔다. 사장님은 온 김에 26평도 괜찮은 매물이 나왔으니 한번 보고 가라고 했다. 하나는 22평, 다른 두 집은 26평이었다. 처음 아파트 매수를 생각했을 때부터 22평 정도를 고려했었다. 독신인데다 당분간은 혼자 살 것이니 거실에 방 두 개 정도면 충분하다 싶었다. 자금도 사실 딱 그 평수가 가능했다. 지난번 구리 임장 때 봤던 (놓쳐 버린) 그 집도 동일한 아파트 단지의 22평형이었기 때문에 더 기대했었다.

그렇지만 이번에 본 22평짜리 집은 지난번에 놓친 집만큼 마음에 들진 않았다. 수리가 안 돼 있는 점은 비슷한데, 층도 네다섯 층은 낮았고 무엇보다 금액이 너무 올라 있었다. 짐짓

시원찮은 표정으로 베란다 전망까지 둘러보고는 옆 동 26평 집으로 이동했다. 그 평수를 살 생각은 없었기에 그냥 한번 보기나 할 생각이었는데, 막상 들어가 보니 4평 차이가 생각보다 크게 느껴졌다. 하나 더 있는 방이 작지만 큰 차이를 만들어 낸 달까. 현관에서 부엌이 바로 보이지 않고, 주방이 커서 식탁을 놓더라도 비좁지 않게 거실과도 분리가 되는 점이 맘에 들었다. K형이 흡족한 표정으로 "역시 방이 세 개는 돼야 해"란 말을 반복했다. 형 말대로 방 하나는 침실, 하나는 드레스 룸, 마지막은 서재 겸 사무 공간으로 활용하면 안성맞춤일 것 같았다. 혼자 살기에는 좀 큰 감이 있지만 늘어난 평수가 주는 쾌적함은 그 이상이었다.

중개사무소로 돌아오니 머리가 복잡했다. 22평만 고려하고 왔는데 오늘의 22평 매물은 꽤 실망스러웠으며 26평은 생각 이상으로 괜찮았다. 고민을 좀 해 보겠다며 사무소를 나왔다.

K형과 근처 카페로 들어가서 작전 회의를 시작했다. 형은 그 정도 가격 갭이면 26평을 구매하는 게 낫겠다는 의견을 냈다. 22평 최고가 매물과 26평 매물이 6천만 원 정도밖에 차이가 나지 않았다. 잇따른 신고가 갱신 행진에 동향이나 서향, 저

층 같은 비교적 못난이 매물도 두 달 전에 비해 5천만 원 정도가 올라 있었으니까. 최근 6억 미만 아파트의 거래가 활발하다 보니 22평형의 가격 상승률이 단기간에 높아진 것으로 보였다. 연도별 가격 차이를 보니 22평과 26평은 평균 1억 정도 차이가 나는 게 정상이었다. 그리고 현재 평단 단가를 계산해 봐도 이제는 6억에 근접한 22평보다는 26평대 아파트 위주로 거래가 발생하며 자연히 다시 1억 갭 키 맞추기를 할 타이밍 같았다.

다 좋은데 역시 관건은 돈이었다. 예상만큼 가격 차가 나진 않았지만 26평을 매수하려면 기존 계획에서 6천만 원이 추가로 필요했다. 6억이 넘어가는 집은 서민 실수요자 우대가 들어가지 않아 LTV(주택담보대출비율)가 40%밖에 나오지 않는다. 추가적인 자금 마련안이 필요했다. 퇴직금을 조기 정산받고 신용대출까지 풀로 당기면 어떻게든 될 것 같았다. 매수 시기의 천만 원 갭이 매도 시 두 배 이상 벌어질 수 있다는 예전 조언을 떠올리며 고층 매물로 마음을 정했다.

고민 끝에 평수는 정해졌고 이제 층수였다. 4층 매물과 13층 매물은 천 5백만 원 정도 차이였다. K형은 이건 그냥 닥치고 후자라며 무조건 13층 집으로 가야 한댔지만, 갑자기 예산이 초과해서 머리 아파진 마당에 천만 원 더 쓴다는 게 쉬운 결정은 아니었다. 우물쭈물하는 나를 끌고 형은 아파트 단지로 다시 향했다. 매수 고민 중인 동 뒤편에 가서 손가락으로 위를 가리키며 말했다. "자, 봐. 지금 시간이 오후 4시경인데 13층에만 해가 아직 비치지? 살아 보면 저거 천만 원 가치 이상이다. 그리고 4층보다 차나 배달 오토바이 소음도 훨씬 덜하고." 더없이 명쾌한 설명이었다. 한결 가벼워진 발걸음으로 중개사무소로 갔다. 결정 내리기 전에 부모님께 전화 한번 드릴까 싶었지만, 괜히 마음이 흔들릴까 봐 그러지 않았다. 고민과 상의는 충분히 했고 이젠 결단력이 필요했다. 문 앞에서 심호흡 한번 하고 돈만큼 영끌한 용기를 실은 손으로 사무소 문을 열어젖혔다. "사장님, 26평 그 집, 네고 한번 해 보시죠."

　사장님은 입이 귀에 걸려서 곧바로 전화를 걸었고 매도자는 오늘 보자마자 사겠다는 말에 흔쾌히 6백만 원을 빼 주기로 했다. 딜이 생각보다 어렵지 않았던 걸 보면 매물 등록할 때 애초에 호가를 그만큼 부풀려 뒀을 것이란 생각이 들었다. 그래서 그냥 4백만 원 더 빼서 깔끔하게 천만 원 맞춰 달라고 하니 않는 소리를 내다가 남편과 상의해 보고 연락하겠다고 했다. 전화를 끊은 중개소 사장님에게 만일 네고가 안 되면 예산이 오버돼서 계약할 수 없겠다고 잘라 말했다. 사실 추가로 더 빼 주지 않아도 계약은 할 생각이었지만, 내색하지 않아야 사장님이 복비를 챙기기 위해 뭐라도 해 볼 것 같았다. 사장님은 아랫입술을 지그시 깨무시더니 어디론가 문자 메시지를 보내시는 듯했다. 20분 뒤 매도자에게 전화가 왔다.

그녀는 고층 매물임을 강조하며 10분을 다시 앓았다. 나는 더는 아무 말도 하지 않고 팔짱을 꼈다. 대화 중에 침묵이 몇 차례 반복되더니 결국 그쪽에서 4백만 원을 추가로 인하하기로 했다. 사장님은 스피커 모드로 같이 듣고 있던 내게 눈짓했고, 나는 고개를 끄덕였다. 탄력받은 김에 5백 정도 더 빼 달라고 할까 싶었지만, 욕심부리다 놓칠 것 같으니까 여기서 스톱. 그렇게 26평 아파트를 대차게 계약했다. 단단하게 팔짱을 끼고 있었지만, 테이블 아래 두 다리가 내내 달달 떨리는 중이었다. 긴장이 사라지자 두 다리에 힘도 스르르 풀렸다. 아무튼 드디어 찾았다, 우리 집!

오빠야,
여기 성서 할매집 같다

처음 들어가 본 날부터 이 집은 왠지 모르게 낯설지 않았다. 중개소 사장님 인솔하에 처음 와 본 낯선 사람의 집에서 익숙한 느낌이 모락모락 피어났었다. 반쯤 고장 나 터치감이 안 좋은 초인종을 엄지손가락 힘으로 꾹 누르고 현관으로 들어갔던 순간은 우연인지 운명인지 모를 우리의 첫 만남이었다. 닳고 탁해져 세월의 흔적이 고스란히 묻어나는 청록색 바닥 타일과 처음엔 분명히 흰색이었을 상아색 신발장을 지나 군데군데 찍힌 장판이 나를 맞이했다. 우산꽂이 바로 옆에 돌탑처럼 세워진 20킬로짜리 쌀 포대들도 눈에 들어왔다.

입구에서 가장 가까운 방부터 보기 시작했다. 집주인 아주머니가 조심히 문고리를 돌리면서 아들이 낮잠을 자고 있다고 양해를 구했다. 대신 크기가 똑같은 앞방을 보면 된다고 해서, 방 주인이 깨지 않게 슬쩍 고개만 넣어서 대충만 봤다. 침대를 제외하곤 옷과 가방 같은 짐밖에 보이지 않았다. 바로 앞방 문을 여니 작은아들이 게임 중이었다. 전역모에 붙은 날개와 배지에 비해서 총질은 잘 못하더라. 한조가 활 쏘는 데 방해되지 않게 벽면에 붙어서 방 구조를 스캔했다. 복도 쪽 방이니만큼 복도로 난 창문은 동일했는데, 이쪽 방에는 큰 아들내미가 자는 방과 달리 작은 붙박이장도 있었다. 찢긴 바닥 상태나 꽃무늬 벽지보다도 눈길을 끌었던 것은 바닥과 벽면의 이음새 부분이었다. 벽 하단에 걸레받이 시공을 하지 않고 황토색의 바닥 장판을 그대로 접어 올린 당당하고 투박한 옛날 방식. 90년대의 기초 시공법으로 아직도 이런 집이 남아 있단 게 신기해서 어린애처럼 자꾸 바닥을 흘깃댔다.

거실 천장 조명 주위는 무슨 각목 같은 것으로 빙 둘러 있었다. 정사각형 울타리처럼 조명을 감싼 그 목공 디자인을 인테리어 사장님은 등 박스라고 불렀다. 아파트가 지어졌을 시기엔 그랜저까지 각이 생명이던 걸 고려하면 당시엔 고급 디자인이었겠지만, 지금은 그저 천장을 좁고 낮아 보이게 하는 마이너스 요소였다. 부엌 찬장과 싱크대는 디자인이며 마모도가 딱 생각했던 정도였다. 애초에 싱크대는 새것으로 싹 갈아엎을 계획이었다. 천장 한구석의 도배지가 철새 떼 부리에 찢긴 마냥 다 뜯겨 덜렁이고 있었다. 저걸 다시 붙이든 떼어내든 할 것이지 왜 저대로 뒀나 싶었다.

거실 새시도 오래돼 보였다. 진한 먹색 혹은 갈색 같기도 한 신비한 빛깔의 새시를 보는 건 유치원 때 이후로 오랜만이었다. 철인지 스테인리스인지 모를 금속 재질의 그 고대 유물은 뻑뻑해서 끝까지 밀리지도 않았다. 그저께 본 인테리어 블로그에서는 새시 교체 비용이 많이 든다며 혹시 예산이 적다면 기존 것에다 시트지를 붙이라고 추천했었다. 그걸 가정해서 총금액이 줄어든 예산 버전 2를 짜 뒀는데, 예상에 없던 3분의 1밖에 열리지 않는 문을 맞닥뜨리니 분명 생돈이 나갈 것 같은 불길한 예감이 들었다. 나중에 인테리어숍에 가서 물어보니 어차피 재질 때문에 시트지를 붙일 수도 없었다. 베란다 쪽 새시도 문이 잘 닫히지 않아서 이걸 다 바꾸면 금액이 얼마나 나올지 머릿속이 복잡했다.

집주인은 당연한 듯 말했다. "그거 오래돼서 고장 났어요.

근데 뭐, 어차피 이사 오면 싹 다 바꾸실 테니까~." 새시가 맛이 갔으니 가격을 좀 내려 주겠다, 뭐 이런 말은 기대도 할 수 없는 호방함이란. 역시 매도자 우위 시장임을 다시 한번 확인했다.

문틀 아래부터 습기에 시커멓게 물러진 문을 보니 말해 주지 않아도 화장실이겠다 싶었다. 뭘 올려놨었는지 깨지고 긁힌 곳투성이인 옥색 타일에, 누렇게 변색한 상아색 세면대와 변기, 밑부분이 다 썩어서 부식된 문짝을 구경하면서 정말 여러모로 대단하다고 생각했다.

안방으로 들어갔다. 주인아저씨도 낮잠 주무시는 중이라고 해서 무슨 요원처럼 살며시 문 열고 조심히 들어갔다. 크기가 예전 상도동 살 적 원룸만 했는데, 베란다와 이어지는 벽면에 커다란 창이 나 있었다. 일단 채광이 너무 좋았다. 창문에는 굵고 흰 창틀이 둘러 있었는데, 요즘 집엔 PVC 재질의 하얀색 새시가 보통이라 분명 그럴 줄 알았건만 가까이 가 보니 페인트칠을 한 나무 창틀이었다. 한번 열어 보겠다고 손에 힘을 줘 밀었더니 크르릉 거친 소리를 내며 나무 창문이 움직였다. 방문을 여닫을 때 생기는 진동에도 흔들리는 나무 창틀이라니….

인테리어 스타일부터 마감재까지, 집의 거의 모든 것들이 늙어 있었다. 주인아주머니는 2000년도 초에 들어와 사신 이후로 한 번도 인테리어를 하지 않았다고 했다. 90년대 중반의 나무와 흙과 돌과 철이 고스란히 보존된 26년 차 순정집이었다.

그런데도 그 집 매수를 고민하게 됐다. 전체적인 집 구조가 마음에 들었기 때문이다. 호불호가 크게 없는 정남향의 판상형 구조라 해가 무척 잘 들었고 방들의 크기도 적당했으며 거실부터 주방까지의 공간도 비교적 잘 빠졌다. 구축이니 여기저기 오래된 것은 당연히 예상했던 점이었다. 예상 못 한 비용이 들어갈 일만 없다면 선방이었다.

몇 주 뒤 부모님이 집 한번 보신다며 서울로 올라오셨고, 동석한 동생은 제일 유난스럽게 고개를 갸우뚱대면서 집을 둘러봤다. 처음 내가 둘러본 순서 고대로 그 집을 둘러본 동생이 마지막으로 안방을 구경하고 나와 말했다. "여기 성서 할매집 아이가?" 그래, 예스러운 분위기가 묘하게 익숙하다 했더니 할머니 댁이랑 비슷했구나. 주사위는 던져졌고 이제 할매집을 깔롱지게 꾸며 볼 차례였다.

인테리어 사장님, 나, 그리고 견적서들

구축 아파트 매수 과정은 잔금을 치르고 취득세 납부까지가 끝이 아니었다. 오래된 걸 샀으니 그냥 바로 쓸 수가 있나? 고쳐 써야지. 그것도 나한테 꼭 맞는 형태로. 낡은 정도 그리고 취향에 따라 몇 부분만 고치든 아니면 올 수리를 하든 선택의 문제지 보통 집을 사면 인테리어 시공은 하게 된다. 그래서 구축 아파트를 구매할 때 애초에 집주인이 부르는 집값에다 인테리어 비용까지 포함해서 생각해야만 한다. 이것저것 계산기 두드리느라 허덕이다 보면 인테리어 소요 비용을 미처 생각하지 못할 때가 있는데, 내내 까먹고 있다가 나중에 가서 아차 해도 그땐 수리 비용 나올 데가 없어 낭패를 볼 수도 있다. 그러니 내 집 마련이라는 긴 과정 동안 큰일 치르는 중인 걸 꼭 명심하자. 귀찮더라도 항목별 필요한 돈을 휴대전화 메모장에다 수시로 기록하는 습관을 길러야 한다.

비용은 자재나 방식에 따라서 천차만별이지만, 인터넷 커뮤니티에서나 구축을 수리해서 사는 형의 말을 참고하면 26평 기준 보통 2천만 원 중반 정도 드는 것 같았다. 입주가 한 달 반 정도 남자 슬슬 인테리어를 알아보기 시작했다. 친구들이 집 어떻게 꾸밀 거냐고 물으면 "심플 앤 모던"이라고 대답하곤 했는데, 그냥 최소한으로 간단하게 하겠다는 말이었다. 평수를 키우느라 '영끌'한 덕에 낮아진 예산도 그 방향성에 한몫했다. 남은 돈과 들어올 돈을 가늠해 보며 계산한 인테리어 가용 예산은 맥시멈 1천 8백만 원. 가능하다면 천 5백 선에서 끊을 수 있길 바랐다. 인테리어야말로 호구 잡히기 딱 좋은 항목이라는 지인의 말에 인테리어 앱으로 온라인 견적을 대강 확인해 봤다. 일단 2천 2백만 원이라는 견적이 나왔다.

집 주변 인테리어 숍에 직접 방문해서 상담받아 보기로 했다. 홈페이지부터 너무 화려한 느낌의 업체들은 일단 걸렀다. 그런 데를 한 곳 가 보긴 했는데 견적이 3~4천만 원 이상인 공사에만 손을 댄다고 했다. 비싼 자재를 쓰고 비싼 공법으로 해야지 클레임 안 들어오고 서로 만족감이 크다나? 그걸 몰라서 안 하는 게 아닙니다만 어쨌든 나가는 돈을 줄이려면 몸과 머리가 피곤한 방법밖에는 없겠구나 싶었다. 택시를 타고 이동해 가며 근처 다른 업체에서도 상담을 받았다. 먼젓번 거기만큼은 아니었지만, 다른 곳들도 견적가가 꽤 높았다. 차 떼고 포 떼고 싸게 해 준 거라는 금액마저도 2천 3백만 원 정도. 예산을 최대치로 잡아도 거기서 5백만 원은 더 낮춰야만 했다.

고민이 됐다. 몇 년 안에 자금을 좀 더 모아서 상급지로 점프하거나, 결혼하게 될 시 다른 곳으로 이사 갈 수도 있다는 전제하에 최소한의 수리만 하고 싶었다. 그렇다고 아예 수리를 안 하거나 벽지와 바닥만 새로 깐다면 돈은 아끼겠지만 무슨 귀양 온 것도 아니고 사는 게 너무 서글퍼질 것 같아서 그러기는 싫었다. 워낙 집이 오래됐고 낡아서 꼭 필요한 것들만 넣었는데도 견적서가 꽉 차는 판국이었다. 수리할 목록을 하나둘 계속 넣다 보니 스무 줄 가까이 늘어났다.

※ **꼭 수리해야 할 항목** : 벽지, 바닥, 몰딩, 걸레받이, 화장실, 부엌, 도색, 타일, 베란다, 현관, 비디오폰 교체, 세탁실 문 확장, 조명, 거실 새시

꼭 해야 할 항목만 골랐건만 사실상 거의 모든 항목을 적은 것 같아서 절로 한숨이 나왔다. 비용을 줄여 보고자 한두 개 항목을 지워 봤더니 새로 바꾸고 고친 것들 사이 영 조화가 맞지 않을 것 같아서 다시 적어 넣었다. 아무리 궁핍해도 집은 집다워야 하니까.

가격은 중요했지만, 다른 것도 눈 크게 뜨고 잘 봐야 한다. 견적가는 싼데 보여 주는 디자인 시안이나 자재가 좀 올드해 보인다? 그런 집은 일단 걸렀다. 해 봐야 몇십만 원 차이일 텐데 그 돈 아끼자고 집을 중세 시대로 만들 필요는 없으니까. 사장님이 지나치게 시원시원하다? 쿨거래 사장님도 가급적 거르기로 했다. 견적서 쓸 때는 집을 못 본 상태이니 웬만한 건 다 가능하고 맞춰 줄 것처럼 해 놓고선, 막상 현장에선 이건 이래서 안 되고 저건 저래서 안 되겠다며 말 바꾸는 경우가 왕왕 발생한다니까.

그렇게 세운 업체 선별 기준을 가지고 우리 집 인테리어 업체를 찾기 시작했다. 드라마 〈야인시대〉 김두한이 미군들과의 협상에서 오직 '사 딸라'만을 외쳤던 것처럼, 나 역시 생각했던 금액을 거듭 강조했다. 구축 아파트는 막상 공사 시작하면 변수가 생길 수 있으므로 2~3백만 원 정도 여유를 잡아 둔 금액이었다. 그 돈으로는 어렵다며 손을 내젓던 사장님들은 단호한 내 표정에 고이 접어 뒀던 대안을 슬그머니 내놨다. 인테리어의 근간들은 진행하되 피벗 가능한 부분은 살짝 고쳐 쓰는 방향으로. 가령 거실 새시는 진행하되 베란다 발코니 새시는 시공하지 않고 그 위에 블라인드를 설치해서 가릴 수 있게, 바닥은 마루가 아닌 데코타일로(장판이 제일 쌌지만 그만큼 쉽게 손상된다), 그리고 뼈대를 살릴 수 있는 부분은 약간의 목공 작업과 페인트칠로 최대한 살려 보기로 했다.

업체 세 곳과 미팅한 후 내 제안에 가장 긍정적으로 화답한 한 곳을 선택했다. 대금의 70%를 공사 기간 중반까지 입금해 달라던 다른 업체와 달리 10%만 계약금으로 먼저 내고 다 끝난 후에 잔금을 한꺼번에 치르는 부분도 마음에 들었다. 공사 종료 전에 돈을 다 입금했더니 마무리를 미흡하게 해 놨다는 후기를 인테리어 카페에서 여럿 봤었다. 중도금까지 70% 입금이 인테리어 시공의 국룰인가 싶었지만, 일단 입금되면 일 끝난 것처럼 느껴진다는 것 역시 사람 마음의 국룰이니 의뢰인 입장에선 돈을 늦게 주는 게 안전하다. 영끌한 덕에 빠듯하게 비용을 잡은 나는 운 좋게 그사이 자금도 마련할 수 있었다.

그렇게 겨우 선정한 업체로부터 작성된 견적서를 넘겨받았다.

인테리어 사장님, 나, 그리고 견적서의 여정은 여기서 끝이 아니었다. 며칠 뒤에 사장님 번호로 부재중 전화가 찍혀 있었다. 뭔가 싸했다. 전화를 걸어 봤더니 아니나 다를까, "아, 집엘 한번 다녀왔는데 화장실이랑 이게 문제가 좀 있네요? 보일러도 좀 그렇고요."

사장님은 그 집에 두 번 정도 더 방문했는데 그때마다 수리 항목이 늘어났다. 화장실 내장재가 오래돼서 기존 타일을 뜯어내고 내부 작업이 추가될 수도 있다, 도색만 하기로 했던 방문이 틀어져서 아예 바꾸는 것이 좋아 보인다 등등. 단호하게 주장하기보다는 가정과 추천의 뉘앙스가 더러 섞인 말투에 이분도 드디어 흥정의 기술에 들어간 건가 싶었다.

전에 견적 받았던 다른 업체 사장님과 집에 잠시 방문했던 적이 있는데, 그분은 화장실 벽을 두어 번 두드려 보더니 내부 보완이 필요하긴 하나 겉면 타일 시공을 새로 잘하면 문제없겠다고 했었다. 틀어진 방문도 맞출 수 있다고 했다. 그런 일이 있었다고 일부러 말해 주며 "사장님이 더 전문가시니 어떻게 되지 않겠어요?" 하고 달래듯 부탁했다. 전화선 너머로 잠시 말이 없던 사장님은 한번 해 보겠노라고 했다. 내 쪽에서도 방충망 교체라든지 방문 상담 때 놓친 부분들을 추가하기 위해서 몇 번 전화를 넣었다. 다 됐다 싶으면 추가할 것이 생각나고, 이제 정말 끝이다 싶을 때 또 수정하면 좋을 뭔가가 자꾸 생각났다. 통화를 주고받는 사이 견적서는 빨간 펜 파란 펜으로 계속 수정되다가 일주일 후쯤 최종본이 출력됐다.

인테리어 숍을 돌면서 받은 견적서를 비교한답시고 들여다보다 재밌는 사실을 발견했다. 수리 목록 각각의 가격은 다 달라도 총액은 거의 같다는 점이었다. 예를 들어서 어느 업체에서 견적 받은 게 도배가 170만 원이고 조명이 80만 원, 도색이 93만 원, 철거물 신고 비용이 62만 원이라면 다른 업체에서는 도배가 180만 원, 조명이 72만 원, 도색이 100만 원, 철거물 신고 비용이 53만 원, 이런 식이다. 이때 두 견적서의 네 가지 항목의 합계 금액은 405만 원으로 같다. 싱크대, 신발장처럼 어느 정도 반조립식 내역은 인테리어 턴키 업체에서 떼 오는 기본 자재 가격이 있어선지 비슷했는데 엘리베이터 사용이나 철거처럼 책정하기 애매한 항목 비용은 제각각 알아서들 적는 것 같았다. 게다가 금액 단위가 딱 떨어지지 않고 193만 원, 94

만 원처럼 반내림할 수 있는 가격을 일부러 책정해 놓는 것 같은 느낌이 들었다. 고객이 네고를 시도하면 그 항목에서 선심 쓰듯 꼬리 금액을 빼 주는, 업자들 사이 일종의 영업 장치라고 해야 하려나? 그나저나 거실 TV 존 콘센트 위치 이동해 달라고 말하는 걸 또 깜빡했다.

공포의
체리색 몰딩

꼭 해야만 했던 시공 중에는 몰딩 작업도 있었다. 아파트의 벽면과 천장, 그리고 바닥의 이음새에는 '몰딩'이라는 걸 붙인다. 벽지가 천장과 바닥재와 만나는 부분이 지저분해 보이지 않게 가려 주는 일종의 추가 마감재다. 17세기 바로크 양식처럼 큼지막하고 진한 색의 몰딩 시공이 예전 어머님들 사이 유행이었다면, 요즘은 최대한 눈에 덜 띄는 색깔과 얇기를 선호하거나 아예 몰딩 자체를 없애 버리는 인테리어가 대세다. 매수한 수택동 아파트에도 역시나 굵고 크고 갈매기 날개처럼 각이 여럿 진 몰딩 처리가 되어 있었는데 말 그대로 굵고 크고 다각이라서 내 눈엔 몹시 촌스러워 보였다.

〈오늘의 집〉 같은 홈 스타일링 앱을 보면 구축 아파트를 사서 리모델링했다는 사람들의 글이 많다. 신기하게도 시공 전 사진은 다들 비슷한데 메인 공통점은 뜯어진 벽지도 아니요, 누리끼리해진 주방 찬장 문도 아닌, 바로 체리 색 몰딩이었다. 아마도 90년대 키즈들은 기억하지 않을까 싶다. 갈색빛이 돌아서 도무지 왜 체리 색이라고 부르는지 이해되지 않았지만, 사람들이 자꾸 체리 색, 체리 색 그러니까 그냥 그런가 보다 하고 넘어갔던, 당시로서는 돈을 꽤 들여야 했던 시공이라서 그 시절 고급진 인테리어의 대명사, 체리 몰딩 말이다.

아파트 임장을 돌다가 나도 그 체리 색 몰딩과 마주한 적이 있다. 현관에 들어가자마자 그 통일된 색이 시선을 압도했다. 거실에도, 안방으로 가는 길목에도, 작은 방 앞에도, 주방에도 그 체리 색 아닌 체리 색 몰딩이 있었다. 군데군데 금박이 박힌 불그스름한 포인트 벽지를 타고 시공된 체리 몰딩은 그 진한 색도 위풍당당한 굵기도 너무나 압도적이었다. 집 전체를 두르는 몰딩의 특성상 어딜 가도 눈 앞에 펼쳐지는 체리 색에 시선을 강탈당하다 정작 집은 제대로 구경하지 못했다. 뒷방 베란다까지 보긴 다 봤으나 별다른 특징은 잘 기억나지 않았고, 오로지 체리 색 몰딩만 머릿속을 아른거렸다. 어린아이가 여러 친척 중에 수염 기른 할아버지만 계속 쳐다보듯 나 역시 그 압도적 존재에 묘하게 지배당한 모양이다. "이번 집은 어때?" 집 구경을 마치고 나왔을 때 함께 간 형이 물었다. 나는 한 줄로 임장 평을 정리했다. 그건 정말로 공포의 체리 색 몰딩이라고.

KB시세를
매일 들여다보며 살 줄이야

계약서에 사인한 시점에 주사위는 던져졌다. 집을 샀고 값을 치러야 했다. 계약금까지는 낼 돈이 있었지만, 매입가의 30%에 달하는 중도금은 납기 안에 만들기 어려웠다. 배짱 있게 집주인을 설득해 우선 있는 만큼만 송금했지만, 잔금일에는 남은 금액을 가차 없이 보내 줘야 했다. 5년이 넘도록 모은 월급과 간간이 벌어들인 금융소득을 몽땅 합친 것의 곱절이 넘는 돈을 추가로 마련해야만 하는 상황. 친구에게도 돈 한 번 꾼적 없이 온실 속 화초처럼 살다가 생애 처음으로 대출이란 것을 알아봤다. 큰 금액을 융자받아야 하는데 괜찮겠냐는 부모님께 차분히 대답했다. "다 대출받아서 사는 거죠, 뭐." 걱정을 덜

어드리려는 마음에서 씩씩하게 말한 것도 있지만 아무것도 몰라서 더 용감하게 대답했던 거 같다. 대출 필요한 금액은 넉넉잡아 3억 5천만 원 정도. 중고차 한 대 사려고 1~2천만 원을 빌린다고 하면 큰돈을 빚진다는 생각이 확 들 텐데, 빌릴 돈이 억대가 넘어가니 너무 현실성이 없어서 되려 덤덤했다. 부루마블게임에서 게임머니로 호텔을 한 10개 짓는 기분 같달까?

우선 주택담보대출을 먼저 알아봐야 했다. 말 그대로 매입할 주택을 담보로 돈을 빌리는 것으로 보통 집을 산다면 응당 1순위로 고려하는 방식이다. 받을 수 있는 최대 금액은 'KB시세'에 따라 정해지고 있다. 하고 많은 은행 중에 왜 거기 것이 기준이 되는진 모르겠지만 매주 금요일마다 KB 조사원들이 매긴 아파트의 시세가 업데이트되고(이의가 있으면 문의할 수도 있긴 한데 조정되는 경우를 거의 못 봤다) 거기에 맞춰 주택담보대출 비율이 결정된다.

투기과열지구 내 KB시세가 6억을 초과하는 매물의 경우 KB시세의 40%까지 대출이 가능하다. 매입한 아파트의 KB시세는 6억이었으니 40%면 2억 4천만 원. 그런데 인터넷을 뒤적거리다 6억 이하의 주택 구매 시 연소득 7천만 원 이하의 서민 실수요자인 경우 추가 10%가 반영된 50%까지 대출 받을 수 있다는 조항을 확인했다! 그렇게 되면 총 3억 대출이 가능했다. 그냥 준다는 것도 아닌데 당초 예상한 2억 4천에서 추가로 빌릴 수 있다는 6천만 원이 더없이 반가웠다. 원래는 그만한 금액을 신용대출로 받으려고 계획했기 때문이었다. 30년 만기 원리금 균등 상환 방식의 주택담보대출이 상환기간이며 금리까지 다른 대출상품들보다 여러모로 유리했다.

은행에서 근무 중인 학교 선배에게 담보대출 진행을 부탁하기로 했다. 우선 필요하다는 서류의 항목을 채워 팩스 보내놓고 점심 먹으러 나와 있는데 형이 전화했다. 내가 문의했던 대로 매수한 집 시세가 딱 6억이라서 기존 대출 한도인 40%에서 10% 높은 최대 50%까지 대출이 가능하다고 했다. 거기에다 30년 만기 고정금리 적격대출까지 받으려고 했는데 잔금을 치르는 6월에나 신청할 수 있댔다. 그래서 한 달을 기다려야 했다. 참고로 적격대출은 주택금융공사에서 운영하는 대출상품으로 만기까지 고정금리라는 점에서 인기가 많다. 단, 대출 신청하는 월과 대출이 실행되는 월이 같아야 한다.

참고로 더 파워풀한 보금자리론이라는 상품도 있다. 아파트 구매가격과 KB시세가 모두 6억 미만에 연소득이 7천만 원 이하라는 조건이 마찬가지로 붙긴 하지만, 최대 70%까지 대출할 수 있기에 현시점에서 이걸 넘어서는 혜택의 상품이 없다.

목표는 50%로 늘어난 대출 한도와 30년 고정금리를 동시 적용받기였지만, 바로는 불가능했기에 형이 제시해 준 두 가지 옵션 중에서 선택을 해야 했다.

1. 변동금리 적용이긴 하나 지금 바로 받을 수 있는 은행 대출상품 당장 신청하기.

→ 장점 : 최대 대출 한도 50%, 단점 : 변동금리로 향후 금리 상승 시 큰 타격.

2. 고정금리의 장점이 있지만 다음 달 초에야 신청할 수 있는 적격대출 기다리기.

→ 장점 : 30년 동안 3% 고정금리, 단점 : KB시세가 올라갈 시 대출 한도 최대 40%.

때는 5월 16일, 6월이 오길 기다리는 새 행여나 KB시세가 올라가면 아파트 가격의 50%가 아닌 40%밖에 대출받지 못하는 리스크가 존재했다. 결국 확실한 3억을 향후가 불확실한 변동금리로라도 받아 내느냐, 아니면 대출 한도가 축소될 수도 있다는 불확실성을 안고 보름을 기다려서 고정금리 상품에 가입할 것이냐, 불확실성과 불확실성 사이에서 결단을 내려야 했다.

밥을 먹는 둥 마는 둥 하면서 이 고난도 문제를 풀기 위한 계획을 세워나갔다. 50% 한도로 3억을 대출받는 안이 베스트긴 하지만, 부족한 금액은 1억 이내에서 신용대출로도 메꿀 수 있으니 40%인 2억 4천만 원까지만 받아 내도 큰 문제는 없을 것 같았다. 14일 내 KB시세가 변동되는 확률은 아마 낮을 것이다. 그간 내 집 KB시세는 두 달 이상 변동이 없었고 실거래 찍힌 건수도 아직 없으니 2주 뒤에도 왠지 그대로일 것 같았다.

상대적으로 덜 일어남 직한 리스크를 안고 고정금리를 기다리기로 마음먹고 형에게 말했다. 형도 내 생각과 비슷하다고 하면서 마지막으로 한번 더 정리해 줬다. "알겠지? 6억에서 1원만 올라가도 50% 못 받는다. 만약 그럴 경우 2억 4천 정도까지만 나오는 거야."

전화를 끊고 메모장을 켰다. 반도 비우지 않은 밥그릇을 오른쪽으로 밀어내고 휴대전화 쥔 두 손을 정면에 세웠다. 메모

리스트에서 '0516 자산 현황'을 눌렀다. 집값 6억 2천만 원에서 계약금 5천, 중도금 1억까지 추가로 납부했으니 잔금일까지 4억 7천을 더 만들어야 했다. 오피스텔 보증금을 회수하면 1억 7천은 해결되니까 결국 3억이 더 필요한 셈.

[대출 1안] 주택담보대출 3억(연이율 3%, 원리금 균등상환, 30년)

[대출 2안] 주택담보대출 2.4억(위와 동일) + 신용대출 6천(연이율 2%, 원금 균등상환, 1년 거치 8년 상환)

행여 6억이 넘어가게 될 경우 사내 주택융자대출(신용대출)을 받아서 메꾼다는 플랜B가 있지만, 제도상 8년 안에 상환해야 했고 그럼 이자에 원금까지 다달이 70만 원 넘게 갚아 나가야 하니 생활이 빠듯해질 수 있다. 이자를 1% 더 낸다고 쳐도 자금이 부족한 지금 상황에서는 암만 생각해 봐도 주택담보로 3억 대출받는 안이 훨씬 나았다. 게다가 취득세에 부동산 중개료며 인테리어 비용까지 하면 3천만 원은 추가로 필요했다. 잘못하면 자금 마련 실패다. 거기까지 생각이 닿으니 변동금리고 뭐고 확실한 3억을 당겨 놔야 하나 머리가 아팠다. 부동산 거래에 있어서는 흔들리지 않는 것이 중요하댔으니 뱃심 있게 적격대출을 기다리기로 했다.

　KB시세가 업데이트되는 금요일 오전 10시가 되자 잠깐 업무를 멈췄다. 무슨 의식을 앞둔 듯 손을 깨끗이 씻고 가글까지 한 뒤 변기 뚜껑을 닫고 앉아서 휴대전화를 켰다. 시세는 그대로일 거야, 그대로일 거야, 주문을 외우며 앱을 열었다! 화면이 바뀌자 공포영화를 보듯 실눈 뜨며 확인했다. 6억. 참았던 숨을 내쉬며 안도했다. 다가온 월요일부터는 거의 매일 KB시세를 봤다. 금요일에 업데이트될 것을 알면서도 계속 들어가 봤고, 그때마다 '6억'이라고 적힌 글자를 보며 안심했다. 이렇게 한 주만 더 버텨 내면 3억이 내 손 안에 들어오는 것이었다.
　마침내 결전의 날이 도래했다. 5월의 마지막 주 금요일 아침 10시, 조금은 익숙해진 손으로 KB리브온 앱을 켰다. 먼저 본 네이버 부동산에서는 실거래 올라온 게 없었다. 6억, 6억, 6억, 속으로 되뇌며 아파트 이름을 쳤다. 페이지가 로딩되는 몇 초간 갑자기 '설마 6억 천만 원은 아니겠지?' 생각이 들었다.

　그런데, 그 일이, 실제로 일어났다. 아파트 이름 밑 KB시세란에 적힌 가격은 6억이 아닌 6억 1천만 원. 잘못 본 줄 알았다. 아니면 잘못 떴거나. 새로고침을 누르고 누르고 또 눌러 봤지만 6억 1천만 원은 뿌리 깊은 나무처럼 그 자리 그대로였다. 실거래도 없었는데 설마. 도무지 상황을 받아들일 수 없었지만, 금액 옆에 적힌 괄호 속 글자를 보고 이내 머릿속이 하얘졌다. '2021년 5월 27일 업데이트'. 뭐야. 완전히 망했는데?

나, 신용 이런 사람이야

적격대출 신청 가능일 3일을 앞두고 KB시세가 상승하는 변수가 정말로 발생해 버렸다. 어제까지만 해도 곧 손에 쥘 줄 알았던 6천만 원을 받을 기회가 갑자기 날아가 버린 것이다. 어릴 적 보던 〈전설의 고향〉에서 3일만 더 버티면 인간이 될 수 있었던 구미호 심정을 그제야 이해했다. KB시세는 이의 제기해 봐야 바뀌는 경우가 거의 없다는 지식인들의 이야기를 읽고(실제로 해 봤지만 씨알도 안 먹혔다) 허탈하고도 허망한 바이브에 5분만 젖어 있기로 했다. 주택담보대출로 당길 금액이 줄어들었으니 그만큼의 돈을 다른 데서 만들어 내야 했다.

신용대출을 낀다는 자금 마련안 플랜B로 재빨리 갈아타야 했다. 책상 서랍을 열고 신용대출 신청서와 필요 서류를 꺼냈다. 유비무환의 자세였는지 아니면 이렇게 될 운명이었던 건지 2주 전쯤 사내 복지 차원에서 마련된 주택 융자금 신청을 미리 해 뒀었다. 최대 7천만 원까지 2%의 이자율로 빌릴 수 있었는데 1년간은 매달 이자만 갚다가 이듬해부터 8년 동안 원금을 함께 월별 상환하는 신용대출 상품이었다. 은행 이자율 2.5% 중 회사에서 0.5%를 지원해 주는 식이었는데, 2%대 이자율이 나쁘진 않았지만 상환 기간이 너무 짧아서 부담스러웠다. 원리금이 매달 80만 원 돈, 안 그래도 부족한 월급의 30% 정도를 96개월간 떼여야만 했다. 빌린 돈을 갚아 나가는 당연한 프로세스긴 했지만 그래도 연봉에서 매년 천만 원씩 차감되는 개념이니 선뜻 결정 내리기 쉽지 않았다. 게다가 복지면 화끈하게 무이자로 해 주던가. 밤낮없이 고생하는 구성원에게 몇 푼이라도 받아 내려는 애매한 복지제도는 또 뭐란 말이냐. 쩝.

당장 당길 수 있는 몇천이 아쉬웠기에 그래도 다행이라는 마음으로 회사와 연계된 은행을 방문했다. 직접 대면해서 받아 본 첫 대출은 생각보다 금방 진행됐다. 신용대출은 신청자의 소득을 고려해서 한도가 책정된다. 보통 벌이가 많을수록 상환능력이 높다고 판단되니 그에 따라 대출금액이 정해지는 게 당연하다. 정부에서는 투기를 막기 위해 부동산 구매 시 신용대출 상한액을 1억 원까지로 정해 뒀다. 필요한 돈은 6천만 원이었지만, 집수리비를 위해서 사내 대출 한도 7천만 원까지 꽉 채워 받기로 했다. 행여 돈이 더 필요해질 때를 대비해서 미리 더 받아 둘까 고민도 했다.

인생 최대의 난제 앞에 잔뜩 소심해진 목소리로 은행 직원분께 1억 넘게 대출받을 시 무슨 제재가 있는 건 아닌지 물었다. 내가 낸 서류를 간추리던 최 차장님은 지금 신청해 둔 금액 7천만 원으로 나의 대출 한도는 이미 최대치라고 했다. (오른쪽 입꼬리가 살짝 올라가던 거 분명히 봤어요!) 거기까지 걱정하기엔 내 원천소득은 너무나 작고 귀여울 따름이었다.

준비해 간 서류 제출을 마치자 본인 확인 및 실제 대출 신청은 온라인으로 해야 한다길래 은행 앱까지 휴대전화에 깔았다. 6년 차 직장인이니 신용점수가 대출에 지장을 줄 리는 없겠지만 궁금해서 한번 물어본 나의 신용점수는 1,000점 만점에서 966점. 에계, 대출은 물론이고 흔한 카드론 한번 당겨쓰지 않은 데다 하다못해 휴대전화 요금마저 밀려 본 적 없었는데 만점을 못 찍었어? 자주 확인하면 깎인대서 확인해 보지 않았던 그간의 끈기에 비해서 신용점수는 토익점수보다 낮았다.

차장님이 대출 신청을 진행하는 사이 나는 신용점수에 대한 잡스러운 상념에 빠졌다. 길어 봐야 세 자릿수의 숫자로 사람의 신용이 평가된다. 나 이런 사람이라고, 신용은 이렇다고 주절댈 필요가 없다. 짧게 묻는 말에만 대답하면 된다. "응, 그래서 너 신용점수 몇 점?" 성적이며 석차며 순위같이 비슷한 뉘앙스의 숫자 평가는 참 많고 그 덕에 지식부터 신용까지 실체가 없는 거의 모든 것에 점수를 매길 수 있다. 숫자로 말한다는 건 무서울 정도로 효율적이고 또 효과적이지만, 왠지 정 없고 차가워 보이는 것도 사실이다. 그래서 나는 수학이라는 과목과 사이가 좋지 않았다. 그 냉혹한 놈만 없었으면 학교를 좀 더 즐겁게 다닐 수 있었을 텐데.

이런저런 상념에 젖어 있을 때쯤 대출 신청이 마무리됐다. 대출을 다 받고 난 시점에서의 내 신용점수는 893점이었다. 큰돈을 빌렸으니 최대 500점대까진 떨어지지 않을까 예상했는데 많이 낮아지지 않았다. 30년 이상 공들여 쌓아 올린 노력의 성과인가. 800점대 후반도 여전히 높은 점수였지만 시험 점수도

90점 받을 때와 89점 받을 때 느낌이 사뭇 다르듯 앞자리 숫자가 줄어드니 뭔가 분발해야 할 것 같은 느낌이 들었다. 신용을 걸고 대출금을 받아 냈고, 다시 그 신용을 지키기 위하여 대출금을 갚아 나가게 된 어느 성실한 도시 근로자의 오후 4시였다.

　그렇게 주택담보대출과 신용대출까지, 두 건의 대출을 받았다. 그간의 시간과 비슷하게 앞으로 30년간 대출 원금과 이자를 상환해 나가야 한다. 30년짜리 주담대 상환액이 다달이 120만 원, 신용대출 8년짜리는 약 80만 원, 총 200만 원이 카드값에 이어 통장을 스쳐 지나갈 예정이다. 알고 빌린 거지만 대출 실행 처리가 찍힌 신청서를 손에 쥐니 앞으로의 험로가 그려졌다. 집을 구매함에 따른 자발적 긴축재정에 들어갔으니 사고 싶던 자동차와의 만남은 더 나중으로 미루고, 압구정 단골 시샤바 사람들하고도 살짝 서먹해질 예정이었다. 하지만, 월세 내고 적금 부으며 산다 생각하고 지내다 보면 어느새 내 집 한 채가 떡하니 생겨 있을 거라는 형들의 격려에 힘을 내 본다! 현재 계획으로는 환갑이 될 때야 끝나게 될 머나먼 미래의 이야기. 그날이 오면 신용점수도 다시 토익 만점 언저리에 가 있지 않을까? 아무튼 매달 이자부터 잘 갚아 나가 보련다.

그렇고 그런 사이의
안 그렇고 그런 돈 거래

"걔는 집에서 3억 해 준대."

"그래? 요즘은 얼마 정도 해 주는 게 평균이냐?"

"기본 1, 2억은 받는 거 같더라. 요즘 대출받아도 집 못 사니까."

너무나 익숙한 맥락이 귀에 꽂혀 약국 문을 열다 말고 뒤를 돌아볼 수밖에 없었다. 앳된 얼굴에 가방을 둘러멘 모습이나 티셔츠 브랜드로 짐작건대 끽해야 대학생이나 취업 준비생일 텐데 벌써 저런 고차원적인 대화를 나누고 있다니. 요즘 이십 대들은 이런 것도 참 빠르다. 게다가 '억 단위'의 돈에 대해 너무 편하게 얘기하길래 정말 이십 대가 맞을까, 지나가는 뒤통수를 계속 쳐다보게 됐다. 괜히 궁금했다. 분명히 엄청 큰돈인데도 집이 원체 비싸니 저리 덤덤하게 입에 담는 세상이 된 건지, 아니면 혹시 저들이 말로만 듣던 그 영앤리치 족인지.

돈돈 하는 건 별로 좋아하지 않지만 집을 살 때도 결국 돈이 관건이다. 모쪼록 무리하지 않고 주머니 사정에 맞는 집을 찾는 것이 정답이지만 아파트 임장을 다니다 보면 예산이 '조금만' 더 있다면 '훨씬' 좋은 집을 구할 수 있겠다는 생각이 무조건 들게 마련이다. 개인적인 생각으론 매수가의 60%를 넘어서는 무리한 대출은 삶의 질을 위해서라도 피하는 게 백번 맞다. 해 보니까 LTV 50%도 버티기 빡세더라. 문제는 눈은 높아졌는데 가진 돈은 부족하고 대출을 더 받을 신용도 없다는 점. 그러다 보면 약국 앞에서 엿들은 대화처럼 '집 생각'이 슬그머니 떠오른다. 최후의 보루 혹은 비빌 언덕이란 표현이 바로 이럴 때를 위해 생겼나 싶다. 나으실 제 괴로움 다 잊으시고 기르실 제 밤낮으로 애쓰신 분들, 부모님 말이다.

그렇다. 부모 자식은 그런 사이다. 갓난아기 때부터 다 큰 성인이 되어서까지, 똥 기저귀며 토사물 묻은 와이셔츠며 온갖 종류의 뒤치다꺼리를 떠안기는 염치 불고의 혈연관계. 그럼에도 집 살 돈 좀 보태 달라는 말은 잘 나오지 않는다. 일말의 양심은 살아 있거니와 새우깡 사 먹을 돈도 아니고 "엄마, 나 집 사게 한 2억만요." 이런 말을 누가 쉽게 뱉을 수 있겠냐고.

그러나, 또 그럼에도 불구하고 아파트 보러 다니면서 슬금슬금 높아진 눈은 '5천만 원만 더 있으면 계단식을 살 수 있을 텐데'로 시작했다가 점점 '1억만 더 있으면 평수를 늘릴 수 있는데'로 발전하고, 급기야 '3억만 더 있으면 신축도 가능하지 않을까?'로 주제넘은 점프를 하기에 이른다. 하지만 자기 능력에는 한계가 있으니 자연스럽게 생각의 흐름이 피로 맺어진 가족을 향하는 거다. 부모님도 상황이 안 좋을 수 있다는 생각 따위 깊게 해 보지 않은 채, '정 안 되면 부모님이 보태 주시겠지.' 하며 막연한 기대를 품는다. 사실 주변에서 집을 사겠다는 친구나 동생 모두가 그랬다. 여유가 되면 어련히 도와주실 테니 그런 마음일랑 일단은 접어 두라고 말하고 싶으나, 우리 같은 월급쟁이의 수입과 치솟는 집값의 엄청난 격차를 고려할 때 솔직히 지원 없이는 힘든 게 사실이다. 그와 관련해서 조금 현실적인 지원 요청 방법을 이야기해 볼까 한다.

법의 울타리 안에서 받을 수 있는 지원은 '증여'가 가장 보편적이지 싶다. 부모가 자식에게 재산을 증여하게 되면 1억 원

이하는 증여세 10%를 부과한다. 5억 초과 10억 미만은 30%, 10억 초과 30억 미만은 40%까지나 부과된다. 이러니 돈 많은 부자들도 어떻게든 절세하려고 혈안이 되는 마당에 우리 같은 서민들은 더 똑똑해져야 하지 않을까. 잘 몰라서 엉뚱하게 내는 세금이 가장 아깝다. 최대한 증여세 면제 기준 안에서 지원받는 방안을 고려해야 한다.

증여세 면제 기준은 증여받는 사람 기준으로, '직전 10년간 증여받은 총액이 무상 증여 한도를 넘지 않는 경우 대상자의 나이에 맞는 공제액을 차감한다'라고 돼 있다. 따라서 현재 만 19세 전까지는 10년 단위로 2천만 원씩 비과세 증여가 가능하고, 이후부터는 역시 10년 단위로 5천만 원씩 가능하다. (그렇다. 절세는 운이 아니라 과학인 것이다. 아는 만큼 절세할 수 있다.) 여유가 돼서 미리미리 법의 테두리 안에서 자식에게 증여해 두는 사람도 주변에 꽤 있더라.

하지만 아마도 이 글을 읽는 사람들은 집을 사려고 마음먹은 지 얼마 안 된 이삼십 대일 공산이 클 것이다. 그러니 이 시점에 혹시나 증여를 통해 돈을 만들어야만 한다면 욕심내지 말고 5천만 원 수준으로 지원받는 것도 방법이다. 아, 비과세 증여 범위 내에서 받는 2~5천만 원도 목돈으로 분류되니 아무리 공제 한도 내의 증여라도 한꺼번에 주고받을 땐 증여 신고를 해야 한단다. 거래내용 증명서와 가족관계증명서를 가지고 세무서 방문하거나 국세청 홈택스에서 신고할 수 있다니 참고하자.

다음으로 부모님께 차용증을 쓰고 현금을 빌리는 경우도 있다. 증여야 나라에서 정한 금액 구간에 맞춰 받고 세금 내고 하면 되지만, 차용은 채권자와 채무자가 알아서 진행해야 하는 부분이라 손품 혹은 발품을 꽤 팔아야 한다. 양식은 검색해 보면 금방 구할 수 있는데, 참고용으로 아래(115쪽)처럼 하나 가져와 봤다. 어렵지 않다. 초등학교 때 배운 육하원칙을 활용해 누가, 언제, 누구에게, 얼마를, 어느 계좌로, 몇 프로의 이자율로 차용할 예정인지에 대해 작성하면 된다.

차용증에 이자율을 어떻게 적어야 할지 몰라 난감해하는 사람도 많다. 몇 프로로 해야 가장 합리적일까? 2021년도 기준 4.6%인 법정 이자율은 좀 센 것 같기도 했다. 은행 적금 이율이 1.8% 정도 되는데, 5%에 달하는 이자율로 1억을 차용한다면 달마다 이자만 얼마를 내란 말인지. 그렇다고 무이자나 1금융 은행 수준으로 차용증을 쓰기엔 왠지 싸하고 말이다. 네이버 지식인에 댓글 달아 주시는 변호사와 세무사들 사이에서도 차용

금액에 따른 이자율 책정에 대해서는 의견이 분분했다. 이자가 연 1천만 원 이하일 경우에는 이자 지급 없이 원금 상환식으로 진행해도 법적으로 문제가 없다는 의견도 있고, 세무사 친구에게 물어봐도 뭔가 시원한 답변을 듣지 못했다. 고민될 때는 최대한 보수적으로 가는 게 맞겠다 싶었다. 그럼에도 법정 이자율이 너무 높다고 생각된다면 그냥 인터넷 뒤지면서 결정하지 말고 직접 세무사와 상담 후에 작성하시길. 지인 중에 법정 이자율로 차용증을 작성 안 한 이유가 뭐냐며, 시청 조사관으로부터 꼬투리 잡혔다는 이야기를 들은 바 있으니까 말이다.

차용 금액은 될 수 있는 한 1억 원 내외가 적당하다. 매월 이자 납부하고 원금은 만기 상환하는 식으로 작성했더라도 목돈이 생길 때마다 원금도 조금씩 상환하는 편이 좋다. 왜, 우리 어릴 때, 학원 가려고 하는데 엄마가 "학원 안 가고 뭐 하니!?" 하시면 얼마나 억울했던가. 세금 문제는 더 하다. 말로만 뭐라 하는 게 아니라 조사한다는 쪽지가 날아온다. 나중에 어차피 상환할 거지만 조사하는 쪽에서는 나의 의도를 알 수 없고 괜한 오해를 할 수 있으니 실제로 상환하는 바른 자세(?)를 먼저 보이는 편이 안전하다. 적정 금액과 적정 이자율을 잘 적고 난 차용증에 마지막으로 법적 효력 운운까지 실어 주면 더 좋겠지?

법원 공증이나 우체국 내용증명처럼 받아 두면 훨씬 나은 것들이 있음을 참고하자. 법원 가서 "공증받으러 왔어요." 하면 되고 우체국 가서 "내용증명 하러 왔어요." 하면 직원분들이 잘 안내해 주실 거다. 몰라서 두들겨 맞는 세금 폭탄만큼 억울한 게 없으므로 최대한 꼬투리 잡힐 건수는 줄이는 게 상책이다. 보통의 우리는 선량한 납세자요 시민이지만 (그렇죠?) 아까 말했듯 시청이나 세무서에서 자금 출처 소명하라는 등기가 올 수도 있다. 딱히 나를 콕 집어 괴롭히려는 의도보다는, 어느 기간, 세대원 몇 명 이하의 가구에서, 몇 살 이하의 사람이, 얼마 이상의 집을 샀다는 나름의 필터링을 통해 날아오는 것이니 부담은 되겠지만 너무 걱정 안 해도 된다. 잘 알아보고 잘 준비해서 자금 마련을 했다면 대개 별 탈 없이 넘어갈 거다.

주변의 형, 누나, 친구, 동생들을 보면 참 열심히들 산다. 열심히 일해서 목돈 만들고 그 돈을 불리기 위한 투자에도 관심이 정말 많다. 그런데도 넘을 수 없는 차원의 집값 때문에 어쩔 수 없이 부모님께 손 벌릴 고민을 하는 이 세대가 어찌 보면 참 안타깝다. 부모님이야 분명 자식을 사랑하시겠지만, 그

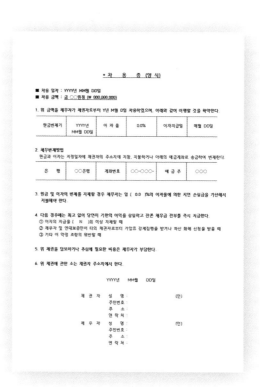

차용증 양식.

렇다고 집 살 때 당연히 돈을 보태 주셔야 하는 그런 사이는 또 아니다. 지원을 못 받는다고 해서 서운해하거나 속상해하지 않아야 하고, 혹시나 감사하게도 받게 된다면 준비를 철저히 해서 소중한 돈이 허투루 나가는 일은 막아야 한다. 길러 주신 것만으로도 감사하는 마음만은 절대 잊지 말고. 물론, 이건 나한테 하는 말이다.

잔금과 함께한
화요일

6월이 됐다. 중도금을 보낸 지 한 달쯤 지났을까? 어느새 잔금일을 앞두고 있었다. 계약금-중도금-잔금으로 이루어지는 대금 납부 과정 중 두 번째인 중도금은 계약금 치를 때보다는 덜 긴장됐다. 억대가 넘어가는 큰돈을 만에 하나 잘못 보낼까 싶어 촌스럽지만 직장 건물 아래 은행에 내려가서 진행했다. 거의 20년 만에 해 보는 창구 송금이었다. 송금 비용 3천 원이 살짝 아깝긴 했는데 안전을 위한 보험료라고 생각했다.

잔금일은 6월 15일로 정해져 있었다. 계약일은 2월 말이었으니 잔금일을 살짝 길게 잡은 편이었다. 반전세로 사는 오피스텔 계약기간이 8월 첫 주까지기도 했기에 집수리 기간을 보름 정도 고려한 7월 초나 6월 말로 하고 싶었다. 그런데 매도인이 여름이 다 돼서 이사하면 덥기도 하고 장마철은 피해서 날을 정했으면 좋겠다고 해서 6월 중순인 15일을 제안했다. 재산세는 6월 1일을 기점으로 집을 보유한 사람에게 부과되므로 몇십만 원이라도 아끼고자 하는 마음이었다. 몰랐던 건지 신경 안 쓴 건지 매도인은 흔쾌히 그러자고 했다. 한두 주 뒤에 전화가 와서 5월말로 잔금일을 바꿀 수 없냐고 묻는 걸로 보아 몰랐거나 잊은 게 틀림없다. 물론 죄송하지만 어렵겠다고 대답했다.

잔금일은 화요일, 평일이었기에 연차휴가를 냈다. 아침 일찍 일어나 구리로 향했다. 서울 시민으로서 타는 마지막 지하철이었다. 처음 임장 갈 때와 같이 1호선을 타고 청량리까지 가서 중앙선으로 갈아탔다. 회사가 있는 여의도까지 이제 매일 오가야 하는 길이다. 처음 갈 때는 멀게만 느껴졌던 거리가 몇 번 다녔다고 이제는 다닐 만하다고 생각됐다.

출발하면서 법무사에게 전화를 걸었다. 주택담보대출 신청을 맡아 준 은행 들어간 학교 선배에게 소개받은 분으로, 주택담보대출의 실행과 부동산 소유권 이전 등기 업무를 대행해 줄 예정이었다. 수수료는 30만 원 정도 드는데 생각보다 일이 크게 복잡하지는 않은지 요즘은 셀프 등기로도 많이 진행한다고 한다. 나는 처음이기도 하고 대출도 껴 있어서 그냥 속 편하게 법무사를 끼고 했다. 부동산중개소 사장님도 본인 아는 법무사를 소개해 주겠다고 했는데 비용을 보니 역시나 바가지였다. 은행원 선배 말이 맞았다. 중개소에서 연결해 주는 사람을 쓰면 대출이고 법무사고 무조건 바가지 쓴다더니.

요즘은 '법무통' 같은 법무 서비스 앱이나 커뮤니티가 잘 되어 있어서 귀찮음을 조금만 감수한다면 혼자서도 합리적인 비용으로 일을 처리할 수 있다. 지하철 좌석에 앉을 때 확인한 가방 안의 인감도장과 신분증, 잔금 송부를 위한 OTP를 내릴 때 다시 한번 확인했다. 유난스럽긴 했지만 인생 최초, 최대 규모의 계약을 앞에 두고 있어서 무지 떨렸으니까.

오전 10시 30분에 부동산중개소에 도착했다. 매도인은 약속 시간인 오전 11시 5분 전에 도착했다. 매도인 아주머니는 오자마자 집을 판 지 얼마 되지 않았는데 그새 아파트 호가가 또 올랐다며 속이 터진다고 했다. 나를 한번 돌아보고 이어서 사장님 앞에서 하소연을 계속하셨는데 실거래가도 아니고 호가 가지고 뭐 저렇게 난리인가 싶었지만 내 집을 갖는 좋은 날 좋은 말만 하고 싶었다. "덕분에, 좋은 집에서 잘 살게요. 감사합니다." 아주머니는 살짝 놀라면서 그제야 얼굴을 펴고 조그만 미소를 지었다.

갑자기 비가 쏟아졌다. 중개소 사장님은 비도 오고 시간도 됐으니 후딱 주고받고 빨리 끝내 버리자고 했지만 조금만 기다려 달라고 했다. 계약도 했고 잔금만 남은 상황이라 뭐가 어떻게 되든 크게 달라질 건 없었지만, 마지막까지 빈틈없이 처리하고 싶었기에 이 판에서 어느 정도는 내 편인(내가 고용했으니까!) 법무 대리인이 오면 진행하고 싶었다. 드디어 우산을 받쳐 쓴 법무사가 도착하자 나는 품속에서 인감도장을 꺼냈다. 내 소중한 인감도장을 넘겨받은 법무사는 계약일에 사인으로 채워 넣었던 '매수인(인)' 부분과 그밖에 서류의 중요한 곳곳에 꾹꾹 도장을 눌러 찍었다. 비용을 지불했음에도 내 일을 남에게 맡긴다는 멋쩍음과 전문가가 처리해 준다는 안도감이 동시에 들었다.

이어서 주담대 실행이 이루어졌다. 은행에서 30년간 빌린

2억 4천만 원은 5분 정도 내 돈이었다가 매도인 계좌로 옮겨 갔고, 나머지 대금을 내가 직접 손가락으로 일-십-백-천-만-하며 0의 개수를 세어 송금하면서 매매 대금 지불을 완료했다. 매도인은 휴대전화로 통장 잔액을 확인한 뒤 6월 15일까지 계산된 관리비용을 영수증과 함께 내게 전해 줬다. 반대쪽 손으로 음식물쓰레기 버릴 때 찍는 카드까지 건네주는 모습이 무슨 상장과 부상을 같이 받는 수여식 같았다.

취득세 납부서를 발급하러 법무사가 시청에 다녀오는 동안 부동산 중개 비용을 치렀다. 나한테는 최대 0.5% 요율을 1원도 깎지 않고 다 받으셨는데 매도인에게는 좀 덜 받으신 것 같았다. 안 그래도 계약할 때 비용 안 깎고 계약했다고 어머니에게 혼났었다. 그때는 잘 모르기도 했고 막상 깎아 달라고 하려니 눈치가 보였었다. 집 본 지 10분 만에 계약한다고 했으니, 생각해 보면 여기서 중개소 사장님처럼 돈을 쉽게 번 사람이 없었다. 어려서 잘 모른다고 내게만 최고 비용을 받는 모습에 뭔가 치사한 마음이 들었지만, 무지와 적극성 부족에 대한 벌금이라 생각하고 웃으며 송금해 드렸다. 오늘은 기분 좋은 날이니까.

법무사로부터 넘겨받은 취득세 납부서를 들고 은행으로 갔다. 그 전에 법무사에게 등기권리증을 건넸는데, 그가 법원 등기소에 등기 대리 신청을 해 줄 것이었다. 은행 앞까지 태워 준 법무사에게 남은 일도 잘 부탁한다고 인사를 건네고 은행 안으로 들어갔다. 취득세 확인서에 적힌 금액은 770만 원이었다. 세금은 또 뭐가 이리 비싼지! 집을 사면서 느낀 건 돈이 정말 많이 든다는 점이었다. 필요한 돈이 집값만이 아니라 부동산 중개료, 집수리와 인테리어 비용, 거기에 취득세까지, 집값 외에 몇천만 원이 더 드는 셈이었다.

은행에서 번호표를 뽑고 앉아 있는데 보안요원이 와서 "무엇을 도와드릴까요?" 물었다. 아파트 취득세를 납부하려 한다고 하니 창구로 가지 않고 셀프로도 가능하다고 했다. 여기서도 뭔가 최대한의 안전을 기하고 싶은 마음에 소극적인 자세로 대신 납부해 주실 수 있는지 물었다. 친절한 보안요원은 흔쾌히 그러겠다고 했고, 납부서에 적힌 전자납부번호를 한 자 한 자 확인하면서 기계에 꾹꾹 입력해 줬다. 6개월 무이자 카드 할부로 취득세까지 납부를 완료했다.

아직 하루 일이 끝난 게 아니었다. 잔금 치르러 온 김에 인

사도 드릴 겸 인테리어 시공 업체 사장님과 집에서 만나기로 했었다. 사장님이 오기 전 혼자 잠시 '내 집' 안을 둘러봤다. 계약서에 도장을 찍고 잔금을 치르던 순간 이상으로 가슴이 벅차올랐다. 30년 만에 처음 갖는 내 집이었다. 비록 현관부터 거실까지 은행이 한쪽 팔 정도 걸치고 있긴 했지만, (30년 뒤엔) 내 집이 될 예정이었다. 내 집 마련의 감동이 진정될 즈음, 꽤 적절한 타이밍에 인테리어 사장님이 도착했다. 미리 협의한 내용을 한 번 더 상기시켜 드리면서 몇 가지를 추가 요청한 다음 잽싸게 밖으로 나왔다. 잔금 날 바로 공사를 시작하기로 했으니 내가 빨리 뜨는 것이 모두에게 좋을 것이었다.

곧바로 아파트 단지 뒤에 있는 주민센터로 향했다. 부동산 소유권 이전 후에 한 달 내로 전입신고하면 된다지만, 그냥 한 날에 싹 다 해치우고 싶었다. 왜 묻는 건지는 모르겠는데 그곳 직원이 "전세인가요? 자가인가요?" 묻기에 덤덤한 척 그러나 입술을 씰룩이며 "자가요."라고 대답했다. 지금 생각하면 살짝 부끄럽지만, 처음 집을 장만한 초년생이겠거니 하고 귀엽게 봐 주셨길 바란다.

마침 주민등록증도 분실한 상태여서 새로 발급 신청까지

했다. 열아홉 살 때는 고향 집 아버지 아래 세대원으로서 주민등록증이란 걸 처음 받았었다. 그때만 해도 (이제 술집에 자유로이 드나들 수 있는) 어른의 증표라고만 생각했다. 몇 년 뒤 (술 먹다가) 잃어버리고 새로 신청했을 땐 대학교 주변의 자취방 세입자로 살 때였다. 그리고 이제는 자가 세대주로서 세 번째 주민등록증을 손에 쥘 예정이었으니, 세 장의 주민등록증이 살아온 집들에 대한 발자취처럼 느껴졌다.

주민센터에서 나왔을 때는 오후 3시가 조금 덜 된 시간이었다. 아까까지만 해도 내리던 비가 그쳐 있었다. 거짓말처럼 하늘이 맑아졌다. 법무사로부터 메시지가 왔다. '등기가 완료되면 계약서와 영수증 정리해서 우편으로 보내드릴 예정입니다. 완료 시까지는 대략 3~4일 정도 걸립니다.' 휴대전화를 주머니에 넣고 크게 심호흡했다. 다 끝났다. 수억의 돈이 오가는 큰 거래가 있었고, 몇 달간의 사투 끝에 드디어 집을 마련했다. 실감이 나지 않았지만 법적으로 내 집이 생긴 날이었다. 그리고 배가 고팠다. 엄청나게 고팠다. 종일 아무것도 먹지 않았었다. 하루 세끼를 착실히 챙겨 먹고 간식까지 놓치지 않는 내가 물 한 잔 마시지 않았을 정도로 긴장했던 거다. 큰일이 잘 마무리됐고 긴장도 풀렸으니 이제 먹을 수 있었다. 근처 맛집을 검색하다가 다시 휴대전화를 주머니에 넣었다. '우리 동네 한번 둘러보면서 걷다가 당기는 식당이 있으면 들어가야지.' 폭풍 같은 허기 속에서 어떤 뿌듯함이 느껴졌다. 마치 밤새워 공부하고 치른 시험이 무사히 끝난 후 기지개 한번 쭉 켜고 집으로 향하는 기분 같았다.

해우소를 위하여

잔금 치른 다음 날엔 을지로에서 저녁 약속이 있었다. 정확히 어디라 짚을 수 없는 골목 안 어느 횟집에서 소맥 한잔하다 화장실에 가려고 나왔다. 저쪽 골목으로 좀 가면 화장실이 있댔다. 횟집에서 왼-왼-오른-오른 네 번을 꺾다 마지막으로 김희순 할머니네 포목점을 지나 도착한 화장실엔 '해우소'라 적힌 작은 현판이 붙어 있었다. 사찰도 아닌데 해우소라니. 오래된 골목 안에 있어서 걱정을 좀 했는데 문을 열어 보니 상가 단지 화장실치고 생각보다 관리가 잘 돼 있었다. 휴, 안심이 탁 되는 게 그런 현판을 붙일만한 자격이 있어 보였다. 당장에 나 역시도 근심(?)을 잘 풀 수 있을 것 같았다. 화장실 때문인지 대도시 안에서 홀로 과거에 머물러 있는 듯한 느낌이 들었다. 골목 안을 에둘러 오는 바람마저 왠지 모르게 편안했다. 들어가면서 물고기 풍경소리가 딸랑 울린 것 같은 기분은 아마도 연달아 마신 소맥 세 잔 때문일 거다.

을지로에서처럼 어디 놀러 가면 화장실을 조심스레 둘러본다. 화장실부터라고 말해도 괜찮겠다. 장소 자체가 자연히 습기가 차게 마련이고 폐쇄적인 곳이 일반적이니 관리 정도에 따라 상태가 천차만별이다. 비싼 마감재로 지은 곳이 아니더라도 깔끔하고 청결이 유지되는 곳이란 느낌이 들면 마음 편히 일을 볼 수 있다. 반대의 경우엔 간단히 손 씻을 때마저도 집중이 안 된다. 혹시 그곳에서 자고 와야 할 땐 우려되다 못해 겁까지 난다. 늦은 밤 급 화장실을 가야만 할 때 시각적으로나 후각적인 불쾌함이 몰려오진 않을지, 그리고 구석에서 벌레가 나오진 않을지 걱정돼서 말이다. 잔뜩 긴장해서 두리번대다 행여 발이 여섯 개 이상 달린 놈들까지 보게 되는 날엔 잠은 다 잔 셈이다.

아파트 인테리어 견적을 받으며 나름 절충했다. 고치거나 아예 없애거나. 가령 방문이 뒤틀리지 않았다면 새것으로 바꾸기보다는 도색을 하는 쪽으로, 베란다 창고 선반이 휘어 고치는 데 비용이 많이 든다면 - 인테리어 사장님은 선반뿐 아니라 싹 바꿔야 한다고 말했다 - 그냥 뜯어서 철거해 버리는 방향으로 진행했다. 그 돈 들여서 고쳐 봐야 ROI(투자수익률)가 나오지 않겠다 싶은 사업팀 소속 직장인의 본능이랄까? 사용할 때 기능적인 부분에 문제가 없다면 고쳐 쓸 수 있는 것은 최대한 그래 보고자 했다. 그 기준에 따라 머릿속으로 야무지게 컨펌을 넣었다. '거실, 진행시켜.' '침실, 진행시켜.' '서재랑 옷방, 베란다도 진행시켜!'

그런데 화장실 문을 열면서 그 기준과 조금 타협하기로 했다. 원래 색이 짐작 가지 않는 황색의 욕조와 변기, 〈해리포터〉에 나오는 유령 '목이 달랑달랑한 닉'처럼 헤드가 거의 떨어진 샤워기, 코끼리를 데려와 씻긴 적은 없는지 의문이 들 정도로 깨져 있던 바닥 타일, 마지막으로 습기로 인해 밑동이 다 썩어 바스러진 문짝까지. 도저히 고쳐 쓰고 바꿔 쓰고 다시 쓰자는 말이 입 밖으로 나오지 않았다. 발바닥 닿는 곳부터 정수리 위까시 거의 모든 걸 새로 짜 넣어야만 했다. 예산에 맞추기 위해 살릴 수 있는 놈은 살리고 싶었지만 아무리 꼼꼼히 살펴봐도 그건 불가능한 일이었다. 이 정도면 다 바꿔야 한다던 인테리어 업체 사장님 말에 고개를 끄덕일 뿐이었다. 뭔가 신나 보이던 사장님은 벽면 타일을 여기저기 두드려 보더니 내부 공사를 추가로 해야 할 수도 있겠다고 했다. 굉장히 경쾌하고 단호한 목소리로. 확실하다, 이분, 신나 보였던 게 아니라 정말 신났던 게 맞다. 둘 다 머릿속으로 추가 공사비를 계산했을 테지만, 한 명은 돈 벌 생각에, 다른 한 명은 돈 나갈 생각에 두드린 계산기였다. 그건 표정에서부터 드러났다. 나는 주름이 잔뜩 잡힌 미간을 하고는 화장실만큼은 네고 없이 풀 투자하기로 결심했다. 근심은 쾌적하고 잘 정돈된 곳에서 술술 풀리게 마련이니까.

화장실에 들어갈 것들을 고르며 양변기에도 명품 브랜드가 있다는 걸 처음 알았다. 샤워기나 세면대 수도꼭지도 마찬가지다. 보통 그런 것들은 외제였다. 그리고 비쌌다. 시대가 어느 땐데 외제를 찾냐면서 나는 애국하기로 마음먹었다. 타일만 해도 국산품 중에서도 재질과 두께, 도색이 겉에만 돼 있는지 안쪽까지 다 돼 있는지 등의 여부에 따라 가격 차이가 꽤 났다.

벽과 바닥의 타일은 짙은 톤에 살짝 거친 질감으로 골랐다. 때가 타는 건 같겠지만 좀 덜 타 보이고, 또 청소하기도 용이할 것 같아서. 얼마나 차이가 나겠냐마는 타일이 두꺼우면 내부가 좁아 보일 테니 중간 정도의 두께로, 혹시 깨졌을 때도 그 부분만 허옇게 튀지 않도록 내부까지 색이 들어간 것으로 골랐다. 가로, 세로 30센티 크기가 좀 커 보여서 더 작은 것으로 할까 했지만 그러면 타일 사이 눈선도 드러나 청소할 곳이 더 생길 거란 사장님 말이 상당히 그럴듯해서 빠르게 포기했다.

공사가 진행되는 3주간 주말마다 들러서 상태를 체크했는데 언제나 화장실 문을 먼저 열었다. 집수리 과정을 통해 가장 많이 달라진 곳이자 가장 큰 만족감을 안겨 준 곳이기도 하다. 상아색과 옥색과 물때로 정신없던 화장실이 첫 주에 깡그리 철거됐다. 둘째 주엔 타일 작업에 들어갔고, 마지막 주엔 내가 고른 샤워부스와 세면대, 변기가 예쁘게 설치돼 있었다. 긴가민가했던 타일도 시공되고 나니 적당한 색감이 찰떡이었고 구석구석까지 마음에 쏙 들었다. 살 만한 집을 만들고자 한 대주제 속, 갈 만한 화장실을 만들고자 했던 소주제였다. 이름하여 헤우소를 위하여 프로젝트. 처음 봤을 때 손 씻으러 들어가기도 불안하던 화장실이 비로소 마음 놓고 근심 풀 수 있는 곳으로 변모한 순간이었다. 새로 바꾼 새하얀 화장실 문에는 힙한 포스터를 마스킹 테이프로 붙여 둬야지. 그간 살던 오피스텔에선 놓을 공간이 부족해 화장실 안에다 두지 못한 욕실용품들은 샤워부스 옆 3단 선반에 죄다 얹어 놓을 거야. 거울 뒤 서랍장은 동생이 선물해 준 호텔 수건으로 꽉꽉 채워 놓고.

나의 무옵션 아파트

집값을 맞추기 위해서 오피스텔 보증금에다 주식, 펀드, 은행예금액을 몽땅 더해서 가용자금을 계산했다. 영혼까지 박박 끌어모으니 다행히 복비, 취득세, 인테리어 비용까지 낼 금액은 됐다. 한숨 돌리고 수택동의 현인 B핏 형과 통화했다. 집만 사면 끝나는 줄 알았는데 세금이다 수리다 추가 비용이 생각보다 많이 든다고 한단하니 돌아오는 말이 이랬다. "그지, 거기에 가전하고 가구도 또 사야 할 거 아냐."

와, 맞네! 없는 게 없는 부모님 댁에서 20년 살이, 풀옵션 오피스텔 생활만 10년을 하다 보니 가전과 가구를 장만해야 한다는 걸 완전히 잊고 있었다. 새로 들어가는 내 집은 너무나 당연하게도 아무것도 없는 빈집이었다. 가전제품과 침구류 등으로 꽉 찬 집들에 익숙했던 내 머리는 그 당연한 점을 당연하지 않게 여기고 있었다. 세탁기부터 장롱까지 거의 모든 게 옵션이었던 이전 거주지와는 달리 들어갈 아파트엔 옵션이란 게 없었다. 기껏해야 수도꼭지랑 변기 정도? 그마저도 오래돼서 바꿔야 했다.

부랴부랴 나의 무옵션 아파트에 넣어야 할 것들을 추려 봤다. 일단 생활이 가능해야 하니 필수 가전은 무조건 필요하다. 세탁기, 냉장고, 주방 인덕션 그리고 여름이니 에어컨부터. TV는 없어도 일단 살 수는 있으니 후순위에 두기로. 가전은 돈을 좀 더 쓰더라도 품질과 AS가 믿을 만한 대기업 제품으로 사는 쪽이다. 차 살 때 '아반떼에서 옵션 넣으면 소나타 가격이니 차라리 소나타 사지.' → '그럴 바에야 조금 더 써서 급이 다른 그랜저로 갈까?' → '그랜저는 아빠 차 소리 들으니 좀 더해서 BMW 3시리즈는 어떨까?' 하다가 롤스로이스 팬텀으로 퀀텀 점프한다는 썰처럼 가전 쇼핑도 하다 보니 자꾸 눈만 높아져 갔다. 기왕 살 바에 조금 더 큰 것으로, 조금 더 예쁜 디자인으로 고르려니 총지출액이 점점 예산을 초과하려고 했다. 나는 다시금 남은 대출 기간 29년 11개월을 떠올렸다. 다행히 세탁기는 어머니가 아는 이모네서 1년 썼다는 17킬로짜리 드럼 세탁기로 하나 구해 주셨고, 냉장고는 요즘 유행하는 컬러를 직접 선택하는 디자인 제품을 주문했다. 에어컨은 침실에 둘 벽걸이용만 일단 구입했다. 거실에 에어컨이 없으면 한여름엔 버리는 공간이 될 공산이 크지만, 거기 둘 스탠드형 에어컨까지 욕심내기엔 예산이 부족했다.

패션 디자인과를 전공한 동기가 진리처럼 말하던 '3색론'에 맞춰 가구 색상은 세 개까지만 조합하기로 했다. 인테리어는 화이트와 블루 톤이니, 남은 색 하나를 고민하다가 브라운으로 정했다. 우선 주방에 놓을 식탁은 밝은색 소나무 원목으로 골랐다. 벽면엔 이사한 날 어머니가 선물해 주신 구스타프 클림트의 해바라기 그림을 걸었고, 식탁 한쪽에다 원두 그라인더와 핸드드립 포트 세트, 뉴욕 MoMA 미술관에서 사 온 코스터들까지 갖춰 두니 제법 카페 분위기가 나기 시작했다.

TV는 당장은 안 놓더라도 거실이 너무 텅 비어 있으면 적적하니까 그 자리에 깔끔한 하얀색 거실장을 하나 들여 장식

품으로 꾸미기로 했다. 갖고 싶던 하만카돈 진공관 스피커, 리처드 용재 오닐과 클라라 주미 강의 싸인 CD, 양키캔들 워머, 루미큐브, 알랭 드 보통의 소설 두 권과 그림 액자로 2미터 길이의 거실장을 적절히 채웠다. 그 왼쪽엔 간접 조명용 장 스탠드를, 오른쪽 바닥엔 코로나가 끝나면 발리 가서 1일 3서핑 즐기겠다는 나의 의지가 담긴 야자수와 라탄 바구니를 놓아 여름 휴가지 감성을 내고자 했다.

거실장 맞은편에는 집안 톤에 맞춘 파란색 소파와 좋아하는 호크니 그림을 병렬 배치했다. 그 사이엔 오피스텔에서부터 쓰던 흰색 상판의 원목 테이블을 두면서 대충 거실까지 인테리어를 마무리 지었다. 그간 쓰던 슈퍼싱글 침대도 퀸사이즈로 바꾸고 싶었고 서재의 책상과 의자, 책장도 싹 다 바꾸고 싶었지만, 일단 방문 닫으면 안 보이는 곳은 나중에 돈 생기면 하나씩 바꿔 나가기로 했다. 최소한의 것들만 산다고 해도 몇백만 원의 추가 지출이 예상됐다. 다 돈이었다. 두 달 치 월급을 고스란히 모아야 다 살 수 있는. 집 매수 건에 이어 또다시 영끌해도 부족한 예산에 걱정이 많았는데, 어머니가 아버지 몰래 건네주신 봉투 덕에 한시름 놓을 수 있었다. 아, 태평양같이 넓고 깊은 어버이 은혜!

우주의 기운을 모아 어느 정도 만들어진 이제는 나의 '유'옵션 아파트. 그곳에서 잠을 자고 일어나서 씻고 밥도 먹고 출근하고 퇴근해서 쉬고 또 취미생활도 즐기고 있다. 향긋한 섬유유연제 향이 나는 깨끗한 티셔츠와 시원한 물, 더 시원한 에어컨 바람은 그냥 주어지지 않는다. 귀찮고 돈도 많이 들지만, 하나하나 알아보고 집에 들여야 누릴 수 있는 것들이다.

매달 수입을 조금씩 모아 입주 때 마련하지 못한 것들을 조금씩 채워 넣는 재미가 있다. 여전히 번거롭긴 하지만 내 취향이 듬뿍 반영된 아이템들로 곳곳이 꾸며지는 걸 보면 참 만족스럽다. 밝은 톤을 베이스로 아기자기함이 집안 곳곳 소소하게 배어 있어서 놀러 온 친구들은 여기 여자 집 아니냐며 낄낄댔다. 이름까지 붙여 주더라. "여기 왠지 은희네 아니면 하은이네 집이라고 불러야 할 것 같아." 진짜 은희 씨와 하은 씨네 집은 어떨까 궁금하다.

노라 존스의 노래를 틀어 놓고 원두를 가는 주말 아침. 베란다에서 불어오는 바람에 야자수 이파리가 흔들리는 걸 소파에 누워서 보는 건 퍽 행복하다. 예쁜 유리잔에 얼음을 가득 채워 만든 아이스 아메리카노 한 모금이면 입에서 노래가 절로 나온다. 나의 유옵션 아파트는 앞으로도 투 비 컨티뉴다.

잘 살다 갑니다

발바닥에 묻은 먼지가 행여 침대에 닿을까 애지중지하는 집에 모두가 신발을 신은 채 들어오는 날이 있다. 이름 모를 남자들의 운동화가 내 집안을 유린하는 이삿날이다. 전날 자정이 가까워지는 시간에 나는 '불금' 중이었다. 에어컨을 틀고도 땀을 뻘뻘 흘리며 이삿짐을 정리했다. 포장이사를 신청했지만, 어느 정도는 직접 싸 놓는 게 기억하기에도 좋고 또 이삿짐센터 기사님들이 나만큼 내 물건을 소중하게 다루지는 않을 것 같아서. 배송올 때 모아 둔 뽁뽁이로 아끼는 그릇을 감싸고 화장실용품들도 물기를 싹 닦아서 쇼핑백에 넣었다. 대형 진공팩에 맨투맨부터 코트, 패딩 등 부피가 큰 겨울옷을 집어넣고 위에 올라타 바람을 뺐다. 부피를 최대한 줄이기 위함이었다. 또 하나의 팩에 여름 티셔츠들과 반바지에 속옷까지 넣어 잠그면서 장롱 정리를 대충 마쳤다. 운동복이나 모자처럼 남은 것들은 기사님이 후루룩 걷어서 이사용 박스에 실을 거다.

3년도 채 살지 않은 자취생 방에 책이 왜 이렇게 많은지. 책은 역시 종이책이라며 하나둘 사 모은 것들이 책장을 꽉 채웠다. 회사 지하 서점에서 사 놓고 덜 읽은 앤드루 맥아피의 《머신, 플랫폼, 크라우드》, J. D. 밴스의 《Hillbilly Elergy》를 새로 이사 가는 집에선 꼭 완독해야겠다고 생각했다. 대구집에서 왜 챙겨 온 건지 모를 신입사원 교육 책자와 최근에 받은 진급 교육 자료는 기념으로 갖고 있었는데 이참에 그냥 정리하기로 마음먹었다.

가져갈 책들을 미리 챙겨 둔 튼튼한 재질의 쇼핑백에 넣었다. 쫀쫀한 비닐백이었지만, 묵직한 책 무게를 견디지 못하고 찢어질까 봐 바닥에 박스 테이프를 바르면서 책장 정리도 마무리했다. 셀프 스타일링이라고 창문틀에 줄줄이 세워 둔 샴페인과 와인병을 싹 걷어 오피스텔 입구 분리수거함에 넣었다. 라벨과 병 모양이 예뻐서 인테리어 삼아 놓았지만 이사 전

날엔 재활용품일 뿐이었다. 책상 서랍과 티브이장 속에 잠자고 있던 쓸 일 없는 회사 기념품, 철 지난 잡지에 기타 자질구레한 잡동사니를 드디어 긁어다 버렸다. 그러다 책장 뒤에서 진작 버린 줄 알았던 예전 여자친구가 선물한 달력이 떨어지길래 기겁하면서 신발장으로 던졌다. 이삿짐 싸면서 집 안 구석구석을 헤집고 버릴 것들을 추렸더니 묵은 때를 미는 것처럼 속이 시원했다. 어떤 건 박스에 담기고 또 어떤 건 쓰레기봉투에 담기면서 2년 반 영등포 집에서의 추억이 정리돼 갔다.

이사 당일 아침 7시. 눈을 뜨면서도 실감이 안 나 아몬드와 삶은 달걀을 몇 개 씹어 먹었다. 전날까지 썼던 수건 몇 개를 굳이 세탁해 가져간다고 건조기를 돌려대다 새벽 2시까지 잠을 자지 못했다. 새 술은 새 부대에 담으랬으니까 새집엔 새 수건까진 아니라도 깨끗이 세탁된 수건을 들여야겠다는 마음이었다. 아침 9시 반쯤 도착하겠다던 이삿짐센터 기사님은 여덟시 반쯤 도착할 것 같다고 연락이 왔다. 일찍 일어나서 다행이었다. 8시 25분, 조금 긴장된 상태로 기사님을 맞았다. 드라마를 노동요 삼아 들으며 새벽까지 꼬박 싸 눈 옷과 책들을 보디니 기사님은 포장이사인데 왜 저렇게 싸 두었냐고 물었다. 손을 좀 거들어 드리려고 그랬다고 했더니 "어차피 다시 다 싸야 하는데…"라며 말끝을 흐리셨다.

센터 기사님은 바로 앞에서 보는 내가 어안이 벙벙할 정도로 빠르고 효율적으로 짐을 싸셨다. 가히 전문가의 손길이었다. 열심히 함께 짐을 싸고 나르려고 운동복까지 입었는데 내가 할 일이 없었다. 진로 방해만 안 하면 다행이었다. "저기, 저는 뭘 좀 하면 될까요?"라고 물으니 "그냥 뭐 싸면 될지 말해 주세요."라고 했다. 그렇게 말씀하신다면 개이득입니다. 조금 멋쩍어하면서도 곧바로 살금살금 뒷걸음질 쳐 멀찍이서 짐이 정리되는 과정을 지켜봤다. 내가 자고 먹고 일하고 떠들던 공간이었다. 여러 기억 중에서 용달차에 실릴 것들만 계속 함께하게 될 거다. 들어올 때부터 산 침대부터 가장 최근에 산 무게조절 덤벨까지(두 개 합해 50킬로그램이라 눈치가 좀 보였다) 싹싹 트럭에 실렸을 때쯤, 기사님은 마무리 작업과 출발할 준비를 한다며 먼저 내려가셨다.

품에 안고 탈 가방을 하나 맨 채로 집안을 휘 둘러봤다. 아-무것도 없는 집안. 처음 왔을 때와 같은 모습이었다. 이곳에서 웃고 울고 많은 일들이 있었다. 10평 남짓한 방 한 칸에서 3년도 채 안 되는 시간 동안 어찌나 다양한 에피소드들이 생겼던

↑ 나의 두 번째 자취방, 영등포 기찻길 옆 오피스텔을 떠나기 전 마지막 순간.

지! 영등포 기찻길 옆 오피스텔. 종일 들리던 1호선 운행 소음을 견뎌 내면 경부선 기차 소리가 밤새 울렸다. 기차가 선로를 지나며 일으키는 진동에 바닥이 슬쩍 흔들리기까지 했다. 인근 오피스텔의 술 취한 여의도 직장인들의 고성방가도 대단했는데. 지긋지긋하던 그 소리도 이젠 안녕이다. 그렇다고 그리울 거라는 건 아니고. 트럭에 시동이 걸렸다. 이젠 정말로 떠날 준비를 해야 했다. 영등포 오피스텔, 나의 두 번째 전셋집. 삼십 대 시작을 함께 한 이 집이 미우나 고우나 따뜻한 나의 둥지였음은 틀림없다. 잘 살다 갑니다.

첫 집 입주라는
긴 하루의 끝에서

1.5톤 용달차 옆자리에 앉아서 서울을 벗어나는 길이었다. 주말 이른 아침이라 다행히 차가 많이 없었다. 트럭은 영등포 로터리를 벗어나 금세 노량진을 지났다. 가는 길에 본 흑석동과 용산은 학생 시절부터 자주 오가던 동네였다. 2년 전엔 그 근방에 있는 상도동에서 5년을 살았었다. 도로 옆길을 쭉 걸으면 나오는 학교 앞 고깃집에서 선배들과 종종 만나 떠들었었지. 한동네 살던 친구들과 용산 아이파크몰 CGV에 심야영화 보러도 갔었는데. 501번 아니면 506번 버스 노선상의 정류장들, 그동안 걸어오던 거리를 포함한 보금자리와 작별 인사 나누는 느낌이었다. 한강대교를 건너 강변북로에 오르면서 점점 멀어져 가는

그곳들을 보이지 않을 때까지 바라봤다. 안녕! 안녕!

　감상에 젖는 것도 10분 남짓. 이삿짐센터 기사님은 짐 싸는 것도 프로시더니 운전도 마찬가지였다. 운전 말고는 일체 아무것도 하지 않으셨다. 조수석으로 얼굴도 돌리지 않으셨고 말도 걸지 않으셨다. 덕분에 창밖을 바라보며 옛 기억의 정취들에 빠져 있을 수 있었지만, 내비게이션에 찍혀 있는 '남은 시간 45분' 동안 이러고 있기는 너무 어색할 것 같았다. 웹툰이나 볼까 싶기도 했는데 그건 멀미 날 것 같아서 동승자에게 먼저 대화를 시도했다.

　"사장님께서는 이 일 얼마나 하신 거예요?" "오래 했습니다." 잘 벼려진 중식도가 양파를 싹둑 썰어 내듯 단호한 대답이었다. 시선은 여전히 전방에 고정된 상태였다. 이어서 더 말할 줄 알았는데 10초가 지나도 30초가 지나도 아무 말이 없으셨다. (이거 그냥 입 다물라는 거 맞죠?) 왜 말을 걸었을까, 어느 정도의 어색함을 참아 내기만 하면 됐는데 괜히 나댔다가 더 불편해져 버렸다. 그 사이 제발 많이 달려왔기를 바라며 내비를 곁눈질했는데 아직 47분이나 남아 있었다. 뭐야, 되려 2분이 늘었어? 침묵의 트럭 속에서 우리는 말 없이 창밖을 바라봤다. 아저씨는 앞을, 나는 얼굴을 오른쪽으로 틀어 경치를 구경했다. 이촌동을 지나면서부턴 잘 모르는 동네라 추억에 젖을 것도 없었다. 한강 물에 비친 햇살이 반짝거렸다. 비가 온다더니 전혀 올 것 같지가 않았다. 너무 눈치 보이지 않을 정도로 이따금 휴대전화를 보고, 그러다 졸음이 살짝 몰려오려는 찰나 기사님이 "나이가 몇이요?" 물었다. 잘못 들은 건지 알았다.

"예?"

"나이가 몇이요?"

"아, 90년생입니다."

"우리 큰애랑 비슷하구먼."

엄한 인상의 이 전라도 아재는 말이 없는 게 아니라 시동이 늦게 걸리는 타입이었다. 결혼부터 이삿짐센터 근무를 넘어 3남매까지 의도치 않게(?) 탄생시켰다는 기사님의 인간극장이 시작됐다. 47분간 들은 이야기 중에 가장 기억에 남은 건 '결혼하지 말라'는 말이었다. 앞서 말한 '오래 했습니다' 못지않게 단호한 그 문장을 두 번이나 꾹꾹 강조하셨다. 하하 웃는 사이 아천IC를 통과해서 구리시에 도착했다. 기사님은 이사 나올 때와 마찬가지로 빠른 속도로 정확하게 짐을 옮겨 주셨다. 트럭 짐칸에 올라탄 그가 건네는 짐을 미리 새집에 와 계시던 아버지와 함께 받아 날랐다. 셋이 하니 금방이었다. 도색이 깔끔하게 된 하얀 대문을 열고 들어갔다. 기사님은 영등포 집에서 해체해서 가져온 침대를 수택동 침실에 다시 능숙하게 재설치하셨고, 때마침 배송온 세탁기도 세탁실로 함께 들어 옮겨 주셨다. 어머니는 고생하셨다며 주스와 과일을 권하셨다. 친절하고 확실한 일 처리에 이사 비용이 전혀 아깝지 않았다.

공사 후 따로 입주 청소를 신청하지 않아 꽤 난장판일 것으로 예상했는데 아침 일찍 올라오신 부모님께서 청소를 한 번 해 놓으신 상태였다. 하필 그날 여행가게 된 동생을 제외하고 부모님과 함께 셋이서 청소기를 돌리고, 물걸레 청소도 하고, 가구를 옮기고, 또 배송온 가전까지 설치하며 정신없이 시간을 보냈다. 1인가구라서 짐이 많지 않은 게 그나마 다행이다 싶었다. 치워도 치워도 먼지가 계속 났고 닦고 또 닦아도 걸레에 때가 묻어났다. 그냥 돈 써서 청소업체를 시킬 수도 있었지만, 첫 집이니 구석구석 내 손으로 청소하고 싶었달까. 노동의 뿌듯함을 새삼 느꼈으나 다시 돌아간다면 부모님 오시기 전날에 무.조.건. 업체를 불렀을 거다.

그렇게 티셔츠가 땀에 흠뻑 젖고 무릎은 시커메지고 입에서는 단내가 날 때쯤 우리는 좀 쉬기로 했다. 마침 점심 먹을 시간이라 간단하게 씻고 밖으로 나갔다. 이삿날에는 일단 짜장면을 먹어 줘야 했으니까. 짜장면에 탕수육까지 해치우고 나오는 길에 빗방울이 후드득 떨어지기 시작했다. 손등으로 비를 막으며 다 같이 가게 앞 아버지 차로 종종걸음쳤다. 짐을 다 나른 뒤에 와서 다행이었다. 신기하게도 집을 처음 보러 오던 날에도 비가 왔었다. 그리고 계약일에도, 또 인테리어 업체 정하러 왔다가 집 상태 보러 잠시 들른 날에도 비가 왔다. 이후에 인테리어 사장님이 혼자서 방문했을 때도 비가 왔댔다. 예로부터 비 오는 날 이사하면 잘 산다고 했다. 이 집에 올 때마다 비가 내렸으니 그 말대로라면 나는 앞으로 정말 잘 살 것이 틀림없었다.

치우고 쓸고 닦는 중에 먼지가 계속 생겨서 창문을 열어 뒀었는데 빗방울이 굵어지면서 안쪽으로도 물이 막 튀어 들어오기 시작했다. 비 오는 날 이사하는 집의 현실이 이건가 싶었지만, 비와 함께 복이 들어오나 보다 좋게 생각했다.

굵직한 청소들은 마무리됐기에 돌아와서는 방 모퉁이나 서랍 안을 손걸레질하고 드레스룸에 행거를 설치하는 등 디테일한 부분을 챙겼다. 다 했다 싶어서 여유를 부렸는데 생각보다 일이 안 끝나고 계속 이어졌다. 해도 또 해야 할 것들이 보였다. 그러다 다시 밥 먹을 시간이 왔다. 식탁이 배송 중이었기에 거실에 상을 펼쳐 놓고 어머니가 해 오신 삼계탕으로 저녁 식사를 했다. 어수선한 가운데 가족끼리 둘러앉아 밥을 먹으니 어디 여행 온 기분이었다. 저녁은 보통 배달 음식을 시키거나 레토르트 식품을 대충 차려 놓고 드라마를 보면서 혼자 때우곤 했는데. 한바탕 비가 와서 시원해진 바람이 활짝 열어 둔 베란다 문으로 들어왔다. 따뜻한 국물을 떠먹었다. 참 좋았다. 일정한 속도로 저작운동을 하다 보니 눈꺼풀이 무거워졌다. 옆에 계신 두 분도 비슷해 보였다.

밥을 다 먹고 바닥에 드러누웠다. 이제 청소고 정리고 어느 정도 마무리돼 보였다. 아버지는 자취방에서 가져온 작은 소파에 기대 TV 화면을 보면서 거의 졸고 계셨다. 어머니만 혼자 변함없이 분주하셨다. 뭔가 더 할 건 없을까 행주로 부엌 여기저기를 훔치는 중이셨다. 주방용 비닐봉지다, 물티슈다, 키친타월이다, 내게 필요할 거로 생각해서 준비해 온 물품들을 찬장에 넣으시며 뭐는 어디에 두고 뭐는 어디에 뒀다, 말씀하시는데 누운 상태로 보지도 않고 대충 어, 어 대답했다. 여기까지 오셔서 아들 집이라고 치우고 정리해 주시느라 고생만 잔뜩 하시는 게 죄송스러웠지만, 몸은 그렇지 않았다. 긴장을 조금만 풀면 바로 잠이 들 것 같았다. 나는 여전히 누운 채로 어머니에게 말했다.

"이제 다 된 것 같은데 좀 쉬세요."

"먼저 쉬어라, 난 좀 더 볼게. 내일 엄마는 내려가잖아."

아침 일찍부터 운전하느라 고생하신 아버지는 이튿날 다시 장거리 운전을 해야 해서 먼저 잠자리에 드셨다. 집에 있는 침대라곤 침실에 있는 슈퍼싱글 침대 하나가 다인데 그건 바닥에서 자면 등이 배겨 못 주무시는 아버지 차지였다. 어머니와 나는 거실에 요를 깔고 자기로 했다. 피곤하실 테니 작은방에서 혼자 푹 주무시라 말씀드렸더니 이삿날에는 여럿이서 부대끼며 자는 것이 좋다며 함께 자자고 하셨다. 닭고기를 씹을 때만 해도 졸리더니 막상 누우니 잠이 오지 않았다. 이렇게 바닥에 이불 깔고 자는 게 얼마 만인지. 그것도 어머니와 나란히 누워 자는 건 정말 오랜만이었다.

컸다고 약간 어색했던 것도 잠시, 얼마 누워 있지 않아 식후의 그 졸음이 다시 몰려왔다. 그런데 옆에 누워 계시던 어머니 몸이 살짝 경사져 보였다. 바닥에 누운 상태로 다리를 소파에 올리신 것이었다. 동시에 들리던 작은 에구구- 소리에 잠이 확 달아났다. 그렇지, 청소다 정리다 종일 집 안팎을 오가신 통에 얼마나 피곤하셨을까? 좀 주물러 드려야 하나 생각하는데 어머니가 말씀하셨다.

"어이구야, 바람 정말 잘 든다. 여름인데 이 집은 시원하다 못해 춥네."

"어, 맞제? 예전에 우리 포항 이사 갔을 때도 그리고 다시 대구로 오던 날도 첫날은 온 식구 다 거실에서 잤잖아. 그게 갑자기 기억이 난다."

"맞네. 그때 너희 초등학생이었는데 벌써 이렇게 커서 집도 장만하고 그러네~"

"맞제, 나 지금 너무 감회가 새롭고 흥분되고 그칸다. 자취방이랑 오피스텔에 살다가, 와, 참. 내가 집을 사뿌는 날이 오네?"

긴 하루를 보냈다. 한 집에서 나와서 다른 집으로 이사 들어온 바쁜 하루였다. 문득 벼락거지라는 단어를 알게 된 1년 전 그날이 생각났다. 부동산을 들락이며 어린 청년티를 내지 않기 위해 애쓰던 내 모습과 형들의 도움을 받아 다녀 본 이 동네와 저 동네들, 혼자 삐지고 한탄하고 다시 마음을 다잡던 날들과 대출 한도로 마음 졸이던 부린이의 하루가 스쳐 지나갔다. 별일 많았지만 별 탈 없이 계약부터 이사까지 잘 이루어졌음에 감사했다. 앞뒤 창문으로 시원한 바람이 오가던 초여름 밤, 거실에 누워 어머니와 도란도란 이야기 나누다 나도 모르게 잠이 들었다. 미소 띤 채 잠들었던 것 같다. 가족과 함께라 더 행복했던 내 집에서의 첫날밤이었다.

집에서 할 수 있는 쓸데없는 20가지 (난이도 하)

★ ☆ ☆ ☆ ☆

1) 음악 크게 틀어 놓고 땅바닥에 누워 있기

2) 배달 음식 하루에 다섯 번 시켜 먹고 안 치우기

3) 수면양말 만지기

4) 넷플릭스 영화 뭐 볼지 1시간 찾다가 10분 보고 다른 거 틀기

5) 휴대전화 어디 둔 지 몰라 찾아다니기 (의도적인 거 아님)

6) 생수통 뚜껑에 물 담아 마시기

7) 식탁 놔두고 바닥에 앉아서 피크닉 온 것처럼 밥 먹기

8) TV 보면서 연예인 걱정하기

9) 혼술 (돈 들여 마시고 속 버리고 전 여친한테 연락하고...)

10) 선풍기 앞에 얼굴 대고 아 ㅏ ㅏ ~ 하기

11) 친구들 이름 검색해 보기

12) 배달앱 들여다보기 (매일의 고민, 오늘 저녁 뭐 먹지?)

13) 3색 펜 동시에 누르기

14) 정수리 셀카 찍기

15) 내가 나오는 유튜브 영상 보기(구글에서 "환기쇼"를 검색해보지 마세요)

16) 당신의 집에서 할 수 있는 것들이 무엇인지 이어서 채워 주세요!

17) 당신의 집에서 할 수 있는 것들이 무엇인지 이어서 채워 주세요!

18) 당신의 집에서 할 수 있는 것들이 무엇인지 이어서 채워 주세요!

19) 당신의 집에서 할 수 있는 것들이 무엇인지 이어서 채워 주세요!

20) 당신의 집에서 할 수 있는 것들이 무엇인지 이어서 채워 주세요!

2부

서툴지만
즐거운
나의 집에서

my home

밤에 복도를 지날 땐
가끔 여고괴담이 생각나요

복도식 아파트는 정말 오랜만이었다. 초등학교 2학년 때까지 살던 아파트가 바로 이런 구조였다(그땐 그게 신축이었다). 초록색 우레탄 느낌의 복도 바닥 위를 같은 층, 그리고 위아래 층 친구들과 뛰놀면서 숨바꼭질도 하고 달리기도 하고 심지어 축구에 피구까지 했던 기억이 흐릿하게 난다. 다행히 이웃들의 가족 구성도 거의 다 비슷했기에 집마다 복도서 노는 게 일인 어린이들이 있었고 자연스레 나름의 직주 근접이 형성됐다. 기다란 길이만큼 아이들 웃음소리도 끊이지 않던 복도는 그 시절 우리가 가장 사랑하던 장소 중 하나였다.

초등학교 3학년에 올라가면서 신축 아파트로 이사 갔고, 그곳은 복도가 굉장히 좁았다. 없었다는 게 좀 더 정확하겠다. 많이 쳐줘 봐야 그때 내 키의 세 배밖에 되지 않는 길이의 복도 양 끝에는 집이 달랑 두 호수뿐이었다. 광활한 초원을 천방지축으로 뛰어다니다 우리에 갇힌 어린 사자의 기분이었다. 나중에야 그런 구조를 계단식이라고 부른다는 걸 알게 됐다.

친구들이 놀러 오면 열에 셋 정도는 현관에 들어서자마자 말한다. "와, 복도식 오랜만인데 개무섭다." 벌레 들어오니까 문이나 빨리 닫으라고 대수롭지 않게 대답하긴 하지만 걔네 표정은 처음 임장 왔을 때의 내 표정과 똑같았다. 아닌 게 아니라 나름 고층에다 아파트가 ㄷ자 구조로 가운데가 넓게 뻥 뚫려 있는 복도식 아파트는 한 번씩 옆을 흘깃하면 나도 아찔할 때가 있다. 심지어 13층은 인간이 가장 두려움을 느낀다는 높이 11미터의 세 배도 더 넘는 높이다. 복도 담벼락이 성인 남성의 가슴까지 오니 떨어질 일은 없겠지만 그래도 조금만 더 높았으면 좋겠다는 생각을 가끔 한다. 막상 그랬다면 시야가 막히고 바람이 잘 안 들어서 또 답답해했으려나?

더 무서운 건 복도 자체. 끝에서 끝까지 100미터는 되어 보이는 긴- 복도 말이다. 여고생 귀신이 저 멀리 복도 끝에 서 있다가 파파팍 순간이동하는 영화 〈여고괴담〉의 복도 신을 기억하는 세대라면 다 공감할 것이다. 퇴근길은 대체로 피곤하니 별생각 없이 복도를 걸어 집으로 들어가지만, 어쩌다 회식해서 자정이 가까운 시간에 복도 앞에 서면 그 장면이 종종 생각난다. 그럴 때마다 주변은 왜 그리 조용한지. 살짝 겁먹은 채 트와이스의 철 지난 유행곡을 억지로 크게 흥얼대며 빠른 걸음으로 현관문 앞에 도착하곤 한다. 그럴 때 도어락을 여는 손가락은 왜 자꾸만 비밀번호를 잘못 누르는 건지! 가끔 밖에서 날아드는 벌레들도 그 분위기에 합류한다. 가녀린 도시 청년들은 조그만 나방이나 손톱만 한 딱정벌레류만 봐도 기겁을 한다(일단 걔넨 다리부터 네 개가 넘으니까). 바람 타고 흘러 들어온 나뭇잎에도 흠칫 놀란다.

다행히 아직 그런 적은 없지만, 바람이 스산하게 부는 날 자정이 가까운 시간에 〈여고괴담〉의 기억이 급 떠오르는데 벌레까지 세팅 완료된 복도식 아파트를 걸어야 한다면? 이건 뭐 핼러윈도 아니고…. 친구들 말마따나 상상만으로도 진짜 개-무섭다.

이곳에서 세 번째 계절을 맞이하고 있는 지금은 복도식에 제법 적응한 참이다. 겁나는 부분을 우선 이야기해서 그런데 좋은 점도 많다. 일단 시원하다. 10층이 넘는 높이라서 그런지 몰라도 복도가 위치한 앞 베란다 창문과 뒤 베란다 창문을 열어 두면 그 사이로 쌩쌩 부는 바람이 초여름에도 에어컨 못지않다. 반대로 겨울에 열면 한파특보 발령. 그리고 희한하게 아기자기하면서도 안심이 된달까? 기껏해야 한 층에 우리 집과 앞집만 있는 계단식에 비해서 여긴 이웃이 일곱 가구나 있다. 집들이 옹기종기 모여 있는 것이 귀엽기도 하면서 혹시라도 강도가 든다든지 불이 났을 때 도움을 주고받을 수 있는 이웃들이 지척에 있다는 게 위안이 된다. 종종 들려오는 남의 집 싸우는 소리도 잘 들으면 재밌다. 찢어지게 울어 대는 아기 울음소리는 참 안타깝다. 게다가 입지와 용적률이 어느 정도 괜찮은 복도식 아파트의 경우 리모델링 건축의 기회도 엿볼 수 있으니 재테크 측면에서도 나쁘지 않다.

복도식 아파트에서 가장 마음에 들었던 일상의 순간은 출근하려고 대문을 열었을 때 새벽하늘이 눈에 들어왔을 때. 작은 동산의 높이에서 아침이 열리는 빨간 하늘을 처음 보고는

1분 1초가 급한 출근 시간에 멍하니 서 있었다. 이왕 늦은 김에 사진까지 몇 장 찍었다. 여름철에 이사를 와서 몰랐는데 동절기에 접어들어서 오전 6시 반에야 해가 고개를 내밀었던 것이다. 출근하기도 싫고 잠도 덜 깨서 무표정하게 일어나 무심하게 집을 나서는 매일의 루틴. 그런 흑백의 시간에 복도에서 만난 빨갛고 영롱한 새벽하늘은 소소한 감동이었다. 하늘 쳐다보다가 통근버스 타러 헐레벌떡 뛰어 내려가긴 하지만.

〈여고괴담〉 장면이 너무 강렬해서 밤의 공포에 슬쩍 밀리긴 하지만, 복도식의 저녁도 예쁘다. 퇴근하고 올라온 복도에서 다시 빨갛게 저물어 가는 석양을 보면 머리가 가벼워진다. 종일 긴장했던 몸과 마음이 사르르 풀리는 느낌이다. 회사를 벗어났다는 안도감의 작용인지 솔솔 불어오는 밤바람 사이를 걷자면 휘파람도 나오고 기지개가 절로 켜진다. 오늘도 수고했구나. 그렇게 복도와 하루의 시작과 끝을 함께하고 있다.

복도식 아파트 사진 모음.
1. 복도식의 무서운 밤 2. 복도식의 새벽빛 3. 일출 4. 예쁜 하늘뷰

첫 못을 박으면서

2년 전 영등포 오피스텔에 살 때 처음으로 집에 그림을 놓아두었다. 유행하던 〈데이비드 호크니전〉에서 구매한 A1 크기의 포스터였는데 어울리는 액자를 따로 사서 벽에 세워 뒀더니 은근히 있어 보이기도 하면서 집안 분위기도 퍽 좋아졌다. 푸릇푸릇한 색감이 집에 추가되니 괜히 기분 좋아져서 가족 톡방에 사진을 찍어 올렸더랬다. 그걸 본 아버지가 톡으로 물으셨다. '왜 그림을 벽에 안 걸고 땅에 뒀니?' 벽면에 슬쩍 기대어 놓는 게 트렌드였지만, 이럴 때 불쌍한 척하면 용돈을 받을 수 있다. '아… 전셋집이라 벽에 못을 못 박잖아요 ㅜㅜ'

전세로 살던 원룸과 오피스텔에선 벽에 못을 박아 본 적이 없다. 부동산중개인은 집주인에게 양해를 구하면 한두 개 정도는 괜찮을 거라고 했지만 왠지 아쉬운 소리를 하고 싶지도 않고 또 나중에 혹시 귀찮을 상황이 생길까 봐 그냥 그러지 않았다. 딱히 못을 박아서 벽에 걸만한 것도 없었다. 벽시계가 있긴 했는데 책장 맨 위에 올려 뒀더니 눈높이도 맞고 꽤 그럴듯해 보여서 그냥 거기 뒀다. 하지만 책장에서 책을 빼다 발생한 진동이 가끔 아슬아슬하게 세워져 있는 벽시계를 흔들 때가 있었다. 동그란 모양 탓에 세우려고 손을 대면 더 미끄러졌다. 마찬가지로 벽에 기대어 세워 둔 호크니 액자도 조금씩 바닥 쪽으로 쓸려 내려갈 것 같아서 걱정됐다.

고민하다가 다이소에 가서 꼬꼬핀을 사 왔다. 얇은 바늘 포크처럼 생긴 이 핀을 벽지에 대고 비스듬한 각도로 내려 꼽으면 뭔가를 걸 수 있는 작은 벽걸이가 생긴다. 벽과 벽지 사이에 고정되는 방식이라 견딜 수 있는 하중이 약하긴 하지만, 벽에 구멍을 내지 않고도 소품을 걸 수 있게 해 주는 자취생 필수템이다. 벽지에 바늘 크기의 구멍이 송송 뚫리긴 하지만 작아서 잘 안 보이기도 하고 어차피 내가 나가면 집주인은 도배는 새로 해 줘야 할 테니 괜찮다. 액자 높이가 가늠이 잘 안되어 핀을 뺐다 꽂기를 반복하다 겨우 그림을 걸었다. 손이 조금 더 간다는 점만 빼면 벽에 못질하지 않고도 잘 살아갈 수 있긴 하지만, 그렇다고 아무렇지 않은 건 아니었다. 이 눈치 저 눈치 보는 나와 달리 집주인은 누구에게도 허락받지 않고 마음대로 못을 칠 수 있을 테니까. 별것 아니지만 부러웠다. 내키는 대로 못을 칠 수 있는 마이 홈, 그 미지의 세계가!

입주하면서 그 별거 아닌 걸 생각보다 빨리 해 보게 됐다. 이사 당일 밤 어느 정도 정리가 마무리되자 어머니가 입주 선물이라며 그림 한 폭을 건네셨다. 해바라기를 중심으로 꽃이 흐드러지게 핀 정원을 그린 작품이었는데, 어디서 본 것 같은 그림 이름이 궁금해서 구글 이미지에 검색해 봤다. 구스타프 클림트의 〈해바라기가 있는 정원〉이었다. 색채나 조합부터 클림트 느낌이 난다고 했더니 알록달록 화사한 것이 화이트톤 집의 포인트로 제격이었다.

어머니는 땀 나는 일 많이 했으니 기분 전환할 겸 벽에 그림 한번 걸어 보자 하셨다. 먼지투성이 손을 팔꿈치까지 깨끗이 씻고 나서 못을 쥐었다. 어디쯤 박으면 좋을지 높이를 새다가 아버지께 대신해 달라고 부탁했다. 별거 아닌 못질이 떨려서

인지 아니면 벽에 못을 안 박고 산 지가 오래돼서 망치질에 자신이 없어선지 알 수 없었다. 아버지는 무심하게 못과 망치를 넘겨받고는 곧바로 착수하셨다. 나완 달리 조금도 떨림 없는 손으로 못을 고정한 아버지는 왼손의 펜치로 못을 잡으시곤 반대쪽 손으로 망치를 칠 준비를 하셨다. 나는 망치와 못이 닿기 일보 직전 아버지의 팔을 붙잡았다. "잠깐! 스톱! 스톱! 잠시만 멈춰 봐요!"

아버지 팔을 공중에 머물게 한 채로 사진을 찍었다. 그림 사진이 아닌 그림이 걸릴 못 사진을. 아버지는 못 하나 가지고 무슨 유난을 그리 떠냐는 표정이셨지만 그건 그냥 못이 아니었다. 무려 내 집에 처음 박힐 못이었다. 흥분했던지 초점이 잘 맞지 않아 "잠시만! 잠시만요!" 거듭 외치며 셔터를 몇 번 더 눌렀다. 아버지의 손이 두어 번 왔다 갔다 하더니 못 박기는 순식간에 끝났다. 못은 거룩한 의식에 비해서 너무나도 빨리 박혀 버렸다. 다행히 다시 빼는 일 없이 정확한 위치에 잘 박혔다. 그렇게 첫 못을 박고 거기에다 그림을 걸었다. 앞뒤로 오가며 수평을 맞출 땐 흐뭇한 미소가 멈추지 않았다. 늦게 배운 도둑질이 무섭다고 그 건너편 벽에다 곧바로 시계를 달 못을 쳤

1. 역사적인 첫 못 박기.
2. 첫 못을 박은 자리에 건
첫 그림.

고 이어서 침실 벽에도 시계용 못을 때려 넣었다. 손맛이 있었다. 중학생 때 미국 집에서 장작을 두 쪽 내던 도끼질 수준의 감흥이었다. 흥분해서 씩씩대며 어디 또 못 박을 곳 없냐고 한동안 두리번대다 어머니한테 그만하고 방이나 마저 치우라는 소리를 들었다.

첫 등교, 첫 출간, 첫 음주, 첫 키스…. 처음이 붙는 모든 것엔

특별함이 붙는 마력이 있다. 설령 구타, 골절, 교통사고 이런 것들에게 마저. 이날의 못 박기도 그랬다. "나 여기 입주했소!" 선언하듯 첫 못을 박은 날이었다. 세 들어 살 땐 못 하나 박는 데 가슴 떨리는 문자를 보내야 했지만 이젠 벽에다 못을 천 개 박아도 아무도 뭐라고 하지 않는다. 못으로 모자이크 그림을 그려도 괜찮다. 신대륙에 국기를 꽂는 듯한 이날의 못 치기는 적어도 내겐 역사적인 순간이었다. 콜럼버스의 달걀처럼 벽에다 못을 똑바로 세운 이 집에서 삼십 대 인생의 첫 장을 멋지게 써나가야지!

방이라는 사치

　방이 생김에 따른 공간 분리는 상상 이상의 쾌적함과 안락함을 줬다. 부모님 집에 얹혀살던 시절엔 너무나 당연히 여겼던 그 여유를 원룸과 오피스텔을 전전하는 새 잊어버렸었다. 침대 옆에 둔 소파에 앉아 TV를 보고 그 옆에 둔 책상에서 책도 읽고. 다시 그 옆의 붙박이장에서 옷을 꺼내 입고 외출하는 일상까진 나쁘지 않았다. 하지만 저녁에 먹은 음식 냄새를 잠이 들 때까지 맡아야 한다는 점은 자취 10년 차에도 익숙해지지 않았다. 창문을 열어 놔도 방 안 구석구석에 밴 음식 냄새는 잘 빠지지 않았다. 치킨이나 피자 같은 배달 음식 냄새도 그렇지만 요리라도 한 날은 한겨울에도 자기 직전까지 창문을 열어 놔야 했다.

인덕션이 위치한 주방부터 침대까지는 4미터 정도에 불과했다. 몇 년에 한 번씩 방 크기를 키우긴 했지만 매해 껑충 뛰어오르는 전셋값에 투룸 스리룸은 생각하지도 못했다.

이삿날, 10평짜리 오피스텔을 꽉 채우던 짐을 아파트로 옮겨 오니 물건 사이 간격을 넉넉하게 잡아 배치했는데도 자리가 엄청나게 남아돌았다. 드레스룸에 옷과 가방, 청소기, 기타 물건들을 몽땅 밀어넣어도 방이 텅텅 비어 보였다. 침실에는 침대 말고 정말 놓을 것이 없어 그림 액자를 한쪽 벽에 기대어 뒀다. 박물관의 유물처럼 모든 것들이 듬성듬성 널찍하게 놓인, 여백의 미가 한껏 돋보이는 조선의 가택이었다.

하나뿐인 방을 나누고 쪼개 한쪽엔 TV를, 맞은 편엔 책상을, 그 왼쪽으로는 소파를 두고 좀 더 옆에 침대까지 놓던 원룸 테트리스몬 시절이 떠올랐다. 자의 반 타의 반으로 평수를 넓히게 되면서 추가로 생긴 방은 서재 겸 집필실로 쓰기로 했다. 어릴 적부터 나만의 서재가 하나 있길 바랐다. 풀기 싫은 문제집으로 가득 찬 공부방 말고 좋아하는 장르의 책들이 들어찬 안락하고 포근한 그런 책방 말이다. 시간이 꽤 흘러 종이책 냄새가 은근히 방을 메우는 공간을 이제야 갖게 됐다. 책상 옆에 책장 그리고 글 쓸 때 사용할 랩톱과 모니터를 제외하곤 다른 물건은 두지 않았다. 읽고 쓰는 활동이 메인인 서재 본연의 기능에 충실하게 꾸미고 싶었기 때문이다. 바닥에 러그도 깔고 벽에 그림도 세우고 호롱불 느낌 나는 캔들 워머까지 두니 이젠 퍽 서재 같아졌다.

코로나 영향으로 집에서 보내는 시간이 늘어났다. 집에서 밥 먹고 집에서 커피 마시고 집에서 술 한잔하고 글도 쓴다. 집에서 음악 듣고 운동도 하고 잠도 잔다. 재택근무도 늘어나서 평일에도 종종 집에 머물렀다. 회사였으면 한 번씩 일어나 커피라도 사러 다녀왔을 텐데 어디 나가기도 애매해서 집 안을 괜히 거니는 습관이 생겨 버렸다. 서재에서 업무를 보다가 찌뿌둥하면 일어나 부엌으로 가 커피를 내린다. 물이 끓는 새 까치머리에 티셔츠 바람으로 이 방 저 방을 들락거린다. 옷방으로 들어가 괜히 옷걸이 간격을 재배열하고 침실에서는 침대보 각을 탁탁 잡고는 그 위에 풀썩 눕기도 한다. 볕이 좋은 날엔 베란다로 나가서 비타민D 합성도 하고, 레고 크기만 한 사람들과 차 구경도 한다. 그리고 다시 들어가서 일을 한다. 별거 아니지만, 집 안을 뽈뽈 돌아다닐 수 있다는 게 신기하기도 하고 재미도 있어 자주 그런다. 요즘의 소확행이라 할 수 있겠다.

빚도 자산이니라

대학교 1학년 필수 교양이던 〈회계와 사회〉 첫 시간에 칠판에 그려진 커다란 표가 있었다. 교수님께선 그걸 '대차대조표'라고 말씀하셨다. 일정 시점의 기업 재무 상태를 일람할 수 있는 회계의 기초 양식으로 왼쪽엔 자산, 오른쪽 위엔 부채, 그 아래엔 자본이라는 글자가 차례로 적혀 나갔다. 왼쪽인 '차변'의 자산은 자금이 얼마나 남아 있고 또 어떻게 사용되었는지를 알 수 있게 해 준다. 오른쪽 '대변'의 부채와 자본은 그 자금이 어떻게 조달되었는지를 보여 준다. 총자산의 합계는 반드시 총부채와 총자본의 합과 일치하니 결국 회계적 등식으로 부채(빚)도 자산에 포함되는 셈이다.

실제로 주위를 둘러보면 다들 빚내서 집 사고 대출받아 차도 사니까 충분히 이해된다. 그런데도 부채라고 하면 사실 거부감이 먼저 드는데, 그건 아마 리스크에 대한 두려움 때문이 아닐까 한다. 뉴스에 어쩌다 나오는 극단적인 경우처럼 대출은 빚으로, 빚은 빚쟁이로, 빚쟁이는 압류 딱지로, 딱지는 빨간색으로, 그 빨간색은 다시 다음 비극으로 이어지는 고통과 절망으로 범벅된 그림이 그려지기 때문이다. 게다가 갓 성인이 된 앳된 청춘들에겐 대출받을 일이 사실 많지 않아 보였다. 빚도 자산이라는 교수님의 말씀이 크게 와닿지 않았던 이유다.

군대를 다녀오고 복학하고 나서야 과 동기 중 몇 명이 등록금 납부를 위해 대출을 받는다는 걸 알게 됐다. 감사하게도 나는 부모님 덕분에 학자금 대출을 받지 않아도 됐고 전셋집 구할 때도 마찬가지였다. 학생 신분일 땐 알바로, 취업 후엔 급여 소득으로 매달 그리고 매해 대출금을 갚아 나가는 친구들이 뭔가 대단하고 어른스러워 보였다. 월급 수준은 나와 비슷하더라도 원리금을 상환해야 하니 실수령액은 차이가 꽤 났을 거고, 생활을 위해선 예산을 신경 써서 관리해야 했을 테니까.

하지만 내가 기억하기론 대학 생활을 위해 기꺼이 학자금을 빌려 쓴 친구들은 대개 학업 성취도가 높았고, 교내외 활동에도 적극적이었다. 졸업 후에도 좋은 커리어로 사회생활을 시작했다. 적어도 내 기준에선 그들의 선택은 레버리지 투자로 보였다. 빚도 자산이라는 말이 조금 이해되는 순간이었다.

평화로이 신용 점수를 만점에 가깝게 채워 나가던 어느 봄날 나 역시 대출을 받게 됐다. 아파트를 덜컥 사 버린 것이다. 뉘앙스가 살짝 다르긴 하지만 결과적으론 나도 뉴스에 등장하는 억대 빚쟁이 신세가 됐다(유행하는 건 다 해 보는구나). 주택담보대출도, 신용대출도 풀로 받은 탓에 매월 월급의 60%는 은행 것이 됐다. 해 봐야 달라질 건 없지만 심심할 때마다 들어오고 나가는 돈을 계산해 보곤 한다.

[월급 실수령액 - 주택담보대출 원리금 상환액 120만 원 - 신용대출 상환액 80만 원 - 카드값 150만 원 = 0]

기본적인 생활 수준은 유지할 수 있지만, 가끔 하던 불필요한(그러나 즐거운) 지출이나 충동구매까지 눈감아 줄 여력은 없어졌다. 확실히 씀씀이를 줄이긴 해야 했다. 성과급을 더 받는다든지 부업을 하면 예전 수준으로 생활할 수 있을 거란 희망 회로를 돌리며 집 내내를 결심했지만, 월급 외에 다른 수입이

통장에 꽂히는 일은 여태 일어나지 않았다. 덕분에 울며 겨자 먹기식으로 합리적인 소비인이 될 수밖에 없는데, 그래서인지 집을 사기 전 아버지의 우려 섞인 말씀이 요즘 자주 생각난다. "대출을 그렇게 많이 받으면 생활이 괜찮겠나?" 아뇨, 아부지, 안 괜찮습니다.

반전세로 거주하던 오피스텔 계약 만료일이 다가오면서 보증금에다 그간 모은 돈을 더해서 투룸 전셋집으로 옮길까, 친한 형들과 상의한 적이 있다. 돌아온 답은 "야, 바보 같은 생각 하지 말고 더 오르기 전에 대출받아서 집 사라. 빚 무섭다고 전세 살면 집주인만 배 불려 주는 꼴이다. 월세 낸다고 생각하고 매달 원리금 상환하다 보면 집이 한 채 생겨 있다." 거칠지만 친절한 이 형들은 이미 3~4년 전에 야수의 심장으로 대출을 받아 자가를 소유 중인 사람들이다. 심지어 벌써 다주택자도 있다. 서로 연봉도 비슷하고 초기자금도 비슷했는데 말이다. 형들 말에 곧바로 집 사야겠다 부화뇌동하진 않았지만, 이후의 행보에 영향을 준 건 확실했다. '빚도 잘 쓰면 큰 자산임을 이해하는 실속 있는 사람들'에 속하고 싶었으니까. 그렇게 집을 샀다.

그로부터 반년이 흐른 요즘엔 금리가 계속 오르고, 뉴스에서는 '잠 못 드는 영끌족' 같은 기사가 봇물 터지듯 쏟아지고 있다. 영끌족을 불로소득을 추구하는 한탕주의 청년들로 보는 댓글도 상당하고, 금리 올라서 쌤통이라는 댓글도 많다. 페이지를 넘겨 봐도 어린 청년들이 왜 영혼까지 끌어모아야 했는지 궁금해하는 글은 없었다. 가격이 치솟는 주택시장을 보며 불안해하다가 제 한 몸 누일 곳 마련하려 리스크를 감당한 결단력에 대한 응원은 없었다. 한탕을 위해서라기엔 너무나 초라한 통장의 소유자들, 빚 없이는 보금자리를 마련할 수 없는 세대인데 말이다.

이자만 1억이 넘는 막대한 대출을 받아서 집을 사는 것이 정녕 옳은지 고민할 때만 해도 걱정이 몹시 컸다. 그렇다고 사지 않는 경우를 가정해 봐도 걱정되기는 마찬가지였다. 집값이 더 오를까 걱정하는 데 따르는 시간과 노력, 행여 폭등할 경우 배로 때려 맞을 후회와 아쉬움으로 인해서. 사도 걱정이고 안 사도 걱정이라면 일단 지르는 게 맞겠다 싶었다. 과거 시장 상황을 봐도 결국 집값은 우상향하고 행여 가격이 떨어지더라도 실물 자산이니 눌러앉아 살면 되니까. 막상 저지르고 나니 이상하게 편안했다. 태풍의 눈 속에 도달한 것인지 아니면 이미 이렇게 된 마당에 뭘 어쩌겠냐는 마음인진 몰라도. 헐렁해진 통장만큼 든든해진 마음이랄까? 내년의 나와 내후년의 나, 그리고 2030년의 나에다 2051년까지의 나까지 힘을 합하면 충분히 갚아낼 수 있는 돈이다! 결국 빚도 자산이니라. 나는 전혀 걱정하지 않는다. 걱정하지 않는다. 전혀…. …그렇지?

결혼만 하면 되겠네

"집 샀다며?" 로비로 내려가는 엘리베이터를 기다리는데 건너편 부서 선배가 씩 웃으며 말을 걸었다. 사내 복지 제도로 주택 융자를 받았더니 본의 아니게 회사에 집을 샀다는 게 알려져 버린 것이다. 억지로 입만 웃으면서 고개를 끄덕였더니 다음 말은 더 가관이다. "그래~ 집도 있으니까 이제 결혼만 하면 되겠네." 오지랖이 한 단계 발전하셨습니다.

집 이야기만으로도 불편한데 더 불편한 이야기를 꺼내다니. 때마침 엘리베이터 문이 열려서 냅다 올라타 1층까지 거울만 쳐다보면서 내려왔다. 별 뜻 없이 건네는 인사말이었을 거라 믿고 싶지만, 실실 웃던 그 얼굴이 언짢았다. 조금만 더 있으면 회사 전체에 이런 소문이 돌 것 같다. ○○팀의 누구 결혼한다고. 결혼하려고 벌써 집까지 샀다고.

회사 아줌마 아저씨들은 남 일에 참 관심이 많다. 미혼 남성의 이성 관계나 결혼 문제에 있어서는 더. 당사자는 별생각 없는 결혼 시기를 장이요 멍이요 착착 읊어가며 정해 준다. 몇 살에 하면 되겠다, 너는 이제 할 때 됐고, 너는 아직 더 놀아야 한다는 식으로. 하여간 본인의 가치관에 따라서 혼기는 저마다 다르겠지만, 모두가 동의하는 기본 공식 같은 게 있다. '집을 산다 = 결혼한다'.

아버지 세대는 당연했고, 나보다 열 살 남짓 많은 80년대생만 해도 전세로든 자가로든 살 집을 마련해 두는 것이 남자들의 결혼 공식이었다. 집값이 역대급으로 폭등한 지금에야 은수저 이상 아니고서는 한쪽에서 집을 장만하긴 힘들어졌지만, 그럼에도 '남자, 집, 결혼'의 조합은 시대를 초월한 보편적인 법칙처럼 작용하는 것 같다. 동기들마저 집을 샀다고 하면 일단 "너 결혼해?"라고 묻는 걸 보면.

연인이 의기투합해서 집을 살 경우 '결혼'이 주된 이유겠지만, 요즘 미혼 남녀의 주택 구매는 그 결이 좀 다르다. 투자의 관점이나 안정감을 위해서라면 또 몰라도 '결혼'은 주택 구매 이유의 저 아래쯤 있으려나? 대신 꼭대기 부근에 '비혼'이라는 키워드가 새롭게 추가됐다. 비혼, 말 그대로 결혼하지 않겠다는 주의로, 결혼을 늦게 하는 '만혼'과 함께 90년대생 사이에서 부상한 사회적 트렌드다.

그들은 대개 당당하고 할 말은 하는 성격으로 사회·경제적으로도 비교적 탄탄한 입지를 구축해 둔 상태다. 언제든지 결혼할 자신이 있지만 (혹은 자신이 없더라도) 혼자가 편하다거나, 결혼의 단점이 더 크게 보인다거나, 결혼할 이유를 딱히 찾지 못한 사람들의 나름 합리적인 선택. 그 결과, 결혼하니까 집을 사는 게 아니라 결혼을 안 하니까 집을 사는 것이란 역발상으로 삼십 대 미혼들의 자가 매수가 늘고 있단다. [언제 결혼할지 모르고 어쩌면 안 할 수도 있는 나 → 살 집은 필요하다 → 집값은 장기적으로 우상향한다 → 어차피 살 집 더 오르기 전에 사는 편이 낫다]는 의식의 흐름이 낳은 결과다.

요즘엔 할머니 할아버지들도 '결혼, 취업, 입시'가 명절 3대 금기어라는 걸 아는 시대인데 열 살 차이도 안 나는 선배에게 이제 결혼해야겠다는 소리를 듣다니. 그저 쉰내 나는 소리라고 생각하다가도 너무 자주 들으니 이젠 정말 그래야 하는 건지 내심 고민될 때도 있다. 결혼 생각이 없다가도 생기고, 있다가도 급 사라진다는 질풍노도의 삼십 대 초입 아닌가.

아닌 게 아니라 대출금이나 관리비는 혼자 살든 둘이 살든 어차피 나가는 것이니 이왕이면 누군가와 함께하는 편이 경제적으로 실속 있긴 하겠다. 게다가 집이 커지면서 적적함이 찾아오는 빈도도 늘어났다. 집이 한눈에 들어오는 원룸이나 오피스텔에서 살 땐 몰랐던 휑한 느낌이 들 때, 배달 음식을 시켜 먹으려는데 2인분 이상 주문할 수 있는 메뉴만 당길 때, 혼자 드라마 보면서 낄낄대다가 문득 옆에 떠들 사람이 있으면 좋겠다 싶을 때 말이다. 이렇게 삼십 대 중반쯤 되면 어느 쪽으로 확 기운다는데 나의 저울은 어느 방향을 향할지 궁금하다.

혼자 있고 싶지 않다고 해서 선택지가 꼭 결혼만 있는 것도 아니다. 보수적인 집안에선 등짝 스매싱 각이지만 동거라는 옵션도 있으니까. 아무튼 결혼하게 될지 혼자 살지 아직 모르지만, 일단은 결혼하려고 집을 산 것도 아니요, 집 때문에 결혼할 생각도 없다. 그러니깐 이제 결혼만 하면 되겠네, 이런 말 하면 니들 틀니 압수!

삼시 세끼를
집에서 먹으며

여름휴가가 시작됐다. 재작년까지는 보통 해마다 해외여행을 다녀왔지만, 코로나 때문에 2년 연속 국내에서 휴가를 보내고 있다. 짧게나마 제주도라도 다녀온 작년과 달리 올해는 정말로 집콕을 계획했다. 아직 코로나도 여전하고, 오랜만에 푹 쉬면서 회사 일로 지친 몸과 마음을 회복하고 싶었다. 일주일 동안 집에만 있으면서 글쓰기에 집중할 계획이었다.

휴가라 집에 머무는 시간이 늘다 보니 평소에 잘 보지 않던 TV도 자주 보게 됐다. 채널을 돌리다 연예인들이 시골에서 삼시 세끼를 직접 해 먹는 예능 방송이 이렇게 많구나 싶었다. 이런 프로그램이 아직도 유행이라는 게 의문이 들면서도, 어딘가 중독성이 있어서 계속 보게 됐다. 그런데 아닌 게 아니라 출연진들의 하루는 정말로 종일 밥만 챙기다가 저물었다. 아침엔 밀가루 반죽해서 수제비를 뜨고, 점심엔 낚시해서 잡은 물고기로 생선구이를, 저녁에는 직접 캐 온 산나물들로 산채정식을 차리더라. 제작진의 도움이 의심될 정도로 솜씨 좋게 세끼 밥상을 뚝딱 해결해 버리는 연예인 아저씨들이 대단하다 싶었다. 그러면서도 남 일이 아니라는 생각이 들었다. 아침-점심-저녁밥을 모두 차려 먹어야 한다는 점에서 온종일 집에 있는 나의 하루와 비슷했다. 물론 저들은 수렵과 채집 활동으로 식재료까지 직접 마련해야 하긴 했지만.

1인가구의 고충 아닌 고충은 끼니를 챙겨 먹어야 한다는 점이다. 휴가 기간에는 특히 더 그렇다. 배달 음식을 시켜 먹든 장을 봐 와서 직접 해 먹든 나가서 사 먹든 하루 식사를 모두 알아서 해결해야 하는데 나처럼 식탐이 적은 사람에겐 메뉴를 정하는 것부터가 일이다. 그래서 바쁠 때 후딱 내려가서 얼른 먹고 돌아오는 회사 구내식당 밥을 개인적으로 꽤 좋아하는 편이다. 정확히 말하면, 고를 필요 없이 반찬이며 밥이며 알아서 구성돼 나오는 구내식당의 편의성을 좋아한다.

집에서 식사를 해결하는 것도 하루 이틀이지 일주일은 버겁다. 첫날은 점심 저녁을 배달 음식으로 때웠지만, 둘째 날부터는 아예 1일 2식만 하기로 했다. 느지막이 일어나서 아침은 스킵하고 점심 무렵 나가서 닭갈비든 빅맥 세트든 사 와 끼니를 해결했다. 그런 식으로 며칠을 보내다 보니 새벽 무렵엔 내일은 또 뭘 먹어야 하나, 고민하는 버릇이 생겼다. 별것 아니라고 생각한 밥 먹는 일이 이렇게나 비중 있는 일이었다니 미처 몰랐다. 매일 치러야 하는 모든 일은 사실 '별일'인 거다. 출근은 싫지만 구내식당에서 알아서 짜 주는 식단만큼은 그리웠다. 마지막 휴가일인 내일은 꼭 장을 봐 와 김치찌개라도 끓여 먹어야겠다고 생각하며 억지로 잠을 청했다.

집에서 밥 먹은 지 5일째, 거창하게는 못 해도 오늘만큼은 뭐라도 차려 먹기로 했다. 거의 네 끼를 연달아 사 먹다 보니 짜고 달고 매운 조미료 맛에 물린 상태였다. 냉장고를 여니 익숙한 반찬통이 보였다. 지난번 부모님 댁 내려갔다 왔을 때 받아 온 반찬이다. 먹고 싶은 것 있냐고 재차 물으시며 쇼핑백에 꽉꽉 채워 주신 엄마표 집 반찬. 집에서 밥 먹기 귀찮아서 고이

모셔만 놨던 그 통들을 하나하나 꺼냈다.

첫 뚜껑을 열자마자 시금치나물 몇 가닥을 집어 입에 넣었다. 고소한 참기름 향이 아직도 났다. 갑자기 어머니가 보고 싶었다. 태어나서 고등학교를 졸업할 때까지, 그리고 입사 후 지방 근무를 하던 3년 동안, 도합 23년간 부모님과 함께 살면서 어머니 밥을 오래도 먹어 왔다. 사랑한다는 말 다음으로 어머니에게 자주 들은 말이 "아들~ 저녁에 반찬 뭐 먹고 싶어?"였다. 문자로도 자주 받은 그 질문에 늘 일상에 지친 나머지, 또 정말로 별생각 없어서 "그냥 아무거나"라고 대답할 때가 얼마나 많았던가. 그 아무거나로 매번 식탁을 채우기 위해 어머닌 또 얼마나 오래 고민하셨을까?

끼니때마다 뭘 차려야 할지가 걱정이라던 어머니가 생각났다. 그땐 그저 푸념이라고 흘려들었는데. 자취를 시작하면서 그리고 휴가 기간 삼시 세끼를 집에서 차려 먹으면서야 그때 그 마음을 손톱만큼 이해하기 시작했다. 내 밥을 챙겨 먹는 것도 이렇게 힘든데 다른 사람 것까지 챙기는 건 얼마나 힘든 일일까. 내일은 아침 일찍 어머니한테 전화해야겠다. 어머니는 무얼 드시고 싶으신지, 다음에 대구 내려가면 같이 뭘 먹을지 이야기 나눠야지.

토요일엔
빨래를 하겠어요

"여보세요?"

"뭐 하는데?"

"빨래 돌리는 중이다."

"아, 나도 빨래해야 하는데."

혼자 사는 친구들끼리의 흔한 주말 대화다. 독립으로 인한 득이 있다면 그 실도 명확했으니 밥 챙겨 먹는 것부터 관리비 납부에 분리수거와 음식물쓰레기 처리까지, 부모님이 해 주셔서 신경 쓰지 않던 하나하나가 모두 일로 다가왔다. 그 루틴 업무 중에는 빨래도 있다. 혼자 사는 데다 지난번 세탁한 지가 6일밖에 지나지 않았는데 바구니가 벌써 꽉 찼다. 주말에 비가 올 수도 있다는 예보가 있었는데 다행히 날씨가 맑아 얼른 해치워 버리기로 했다.

　경쾌한 세탁 종료음과 함께 빨래가 끝나면 옷을 널 차례다. 오징어도 바람 잘 드는 언덕에 말려야 맛있다는데 옷도 똑같다. 볕이 잘 들고 통풍도 잘 되는 공간에 넓은 간격으로 너는 것이 최고다. 10평 오피스텔에 살 땐 빨래가 많든 적든 널 곳이 언제나 부족했다. 그 와중에 가장 양지바른 곳에 접이식 건조대를 펼쳐 옷을 널었지만, 그마저도 부족해 암벽 등반가처럼 손잡이나 문틀같이 삐쭉 튀어나온 곳을 찾아 눈을 돌려야 했다. 포인트마다 세탁물을 옷걸이에 꿰어 겨우 걸어 마무리한 모습은 넝마주이의 거처나 귀신의 집을 방불케 했다. 집에 가장 오래 머무르는 주말마다 빨래를 널면서 집안이 어수선해지는 점이 아쉬웠다. 그렇다고 평일에 세탁기를 돌리긴 너무 피곤하고. 휴일 반나절만이라도 쾌적하게 생활하고 싶은 마음에 하루도 안 지나서 빨래를 걷어냈더니 다음 한 주 내내 쿰쿰한 냄새 나는 수건에 얼굴을 찡그려야 했다. 어쩔 수 없이 빨래와 함께 한 기백 번의 주말들.

　젖은 옷을 탁탁 털어 널 곳을 찾을 때면 조그만 발코니라도 달린 오피스텔에 살던 친구들이 정말 부러웠다. 아파트로 이사하면서 베란다라는 공간이 생겼고 그곳에다 드디어 세탁물을 둘 수 있게 됐다. 이사한 첫 주말 처음 한 빨래를 베란다에다 널면서 새삼 신기했다. 부모님까지 오셔서 분명 빨랫감이 늘었을 텐데 몽땅 널어도 자리가 남아돌았으니까. 그간 쓰던 건조대를 여섯 개는 더 놓아도 괜찮을 법한 널찍한 공간은 감격이었다. 베란다에서 나와 문을 닫으면 빨래와 일상이 분리되니 만족도가 급격하게 개선됐다. 여기저기 내걸린 옷걸이 때문에 거실을 거실이라 부르지 못하고 침실을 침실이라 부르기 애매했던 과거여, 안녕이다!

목요일에 입은 셔츠를 건조대에 걸면서 이번 주의 빨래를 마무리했다. 커피를 엎지르는 바람에 생겼던 얼룩이 깨끗하게 지워져 있었다. 정신없이 일하느라 점심도 거르고 어깨도 뭉치고 죽죽했던 한 주의 고된 흔적을 옷에서나마 말끔히 씻어냈다. 주간 단위의 이 행사를 빌어 한 주 동안 같이 고군분투한 옷들을 깨끗하게 단장해 주는 시간이다. 다음 주도 함께 무사히 보내 보자는 희망을 담은 의식이기도 하다.

갓 빨아 축축한 옷은 말라 가며 온기가 돌고 부드러워진다.

주중에 세차게 비 맞으며 한껏 긴장했던 내 몸과 마음도 주말을 보내며 조금씩 풀려 간다. 잘 마른 옷가지를 곱게 개어 서랍에 집어넣을 때면 보송해진 촉감에 더해진 향긋한 섬유유연제 향에 괜히 기분이 좋아졌다. 역시 이 맛에 빨래한다. 속옷 정리를 끝으로 옷가지들이 옷장 속 제자리에 안착했다. 모두가 말쑥해진 상태로 제자리로 돌아가 월요일을 기다린다. 잘 보내든 못 보내든 어떻게든 한 주를 살아 내고 나면 주말에 또 새로이 빨래를 하겠지.

반려초가 생겼습니다

집에 생명이 있으면 좋겠다는 생각을 처음 한 건 두 번째 자취를 시작하던 영등포 오피스텔 시절이었다. 강아지를 한 마리 입양하고도 싶었지만 새벽에 출근했다 밤늦게 돌아오는 나 때문에 서로가 힘들어질 것 같아 포기했다. 대안으로 작은 화분이라도 키워야겠다고 생각했는데 막상 실천에 옮기기가 쉽지 않았다. 물 주고 분갈이해 주고 영양제까지 챙기는 건 둘째 치고 당장 화분 놓을 공간을 마련하는 것부터가 귀찮았다. 아직 덜 외로운가 보다 싶어서 그냥 홀로 지내기로 했다. 동물보다야 손이 덜 간다고 해도 누군가와 함께 산다는 건 최소한의 노력과 배려가 필요했으니까.

그렇게 혼자 산 지 2년의 세월이 흘렀고 아파트 라이프가 시작됐다. 배로 커진 공간에서 혼자 사니 찾아오는 적적함도 배 이상이었다. 퇴근하고 현관문을 열면 방마다 열린 문을 통해 겨울바람이 불어오는 느낌이었다. 집안에 생명이 있어야 온기가 감도는 법이니 작은 화분이라도 주문하라던 어머니 말씀이 기억났다.

'식물 하나 사. 키우기 쉽고 예쁜 걸로~.' 의례 오던 어머니 카톡에 '오키! 하나 살게요!' 시원하게 대답만 계속하던 어느 날 재택근무를 하는데 어머니가 비밀번호를 누르고 들어오셨다. 잘 사 버릇하지 않는 아들 때문에 침실에 달 커튼과 갖가지 물품을 직접 가져다 놓고 슬쩍 내려가려던 계획이셨댔다. 마침 집에 있어 잘됐다며 어머니 손에 이끌려 근처 화원으로 가게 됐다. 아이러니하게도 어머니가 현관 비밀번호를 누르시기 30분 전에 앱에서 식물 하나 주문하려던 참이었다. 장바구니에 담아 두고 결제는 나중에 할 생각이었지만.

고속도로IC 가는 길목에 일렬로 세 개나 늘어선 화원은 큰 비닐하우스였다. 캠핑용 의자에 앉아 TV를 보던 주인아주머니는 영차 일어나더니 물었다. "그래, 어떤 거 사러 오셨소?"

내가 최근에 눈여겨보던 건 2021 인테리어 식물 트렌드 리스트에 올라 있던 마오리 소포라였는데 그건 일단 없어 보였다. 그러면 그냥 무난하고 키우기 쉬운 거로, 꼭 키우기 쉬운 걸로. 딱히 입은 안 떼고 속으로만 되뇌고 있는데 어머니가 말씀하셨다. "금전수랑 호야 있으면 좀 보여 주세요." 이름은 생소했으나 생김새는 익숙한 녀석들은 예쁘기보다는 그냥 무난하고 키우기 쉬워 보였다. 한 달에 한 번 물 주기, 어지간한 환경에서 다 잘 자란다는 추가 설명은 나의 반려초 자격 요건 2번을 귀신같이 충족했다. 어머니에게 바로 오케이 사인을 보냈다. 손이 많이 가는 귀염둥이보다는 알아서 쑥쑥 커 줄 자립심 강한 녀석들이랑 더 잘 맞았으니까.

집에 와 거실 양옆으로 화분을 하나씩 뒀다. 놓고 보니 화원에서 산 받침대가 마음에 들지 않아 동생이 선물해 준 팬톤 올해의 컬러 도자기 그릇을 아래에 깔았더니 의외로 찰떡이었다. 직사광선을 피해서 볕이 적당히 잘 드는 자리로 위치를 살짝 조정해 줬다. 행주를 깨끗하게 빨아 와 이파리를 하나하나 닦아 주고 흙도 살살 골라서 다시 꾹꾹 눌러 주었다. 알아서 잘 큰다지만 뭐라도 해 주고 싶었다. 이것이 반려인의 마음인 건가? 코로나19가 터지면서 실내 가드닝에 대한 관심이 늘어났다. 인스타그램 해시태그 #stayhomewithplants 게시물은 1만 개가 넘었다. 몇몇 사진은 #welcometothejungle 수준이었다.

전염을 피해서 온종일 집안에 머무르는 이 시대 사람들은 자연을 적극적으로 집안으로 들이기 시작했다. 그간 관심이 없어서 몰랐지, 집안에 작은 식물원을 운영하는 사람들이 주변에도 많았다. 홈가드닝에 전혀 관심 없어 보이던 동네 형네가 봤더니 창가에 고무나무에 극락조까지 큰 나무들이 줄 서 있었다. 엄마가 사 준 거라며 관심 없는 듯 대답했지만 싱싱하게들 살아 있는 걸 보면 말은 그렇게 해도 잘 챙기는구나 싶었다. 회사 동기도 직접 키운 올리브나무에서 열매를 따서 안주 삼아 먹었다고 했다.

그다음 주엔 새로운 화분이 택배 박스에 담겨 왔다. 코로나 때문에 이번엔 무산됐지만, 내년 여름엔 꼭 발리에 가서 1일 3 서핑 하겠다는 의지가 담긴 아레카야자를 같은 날 배송 받은 라탄 바구니 안에 넣어 거실 입구에다 놓았다. 간밤에 스탠드 하나만 켜 두고 창문을 열면 재즈 플레이리스트에 따라 야자나무 잎이 흔들리면서 여름 향기가 물씬 풍겼다. 조그만 야자나무 화분 하나로 구리시를 꾸따 해변으로 만들어 버리는 실내 플랜팅의 마법! 물론 위스키 한잔도 한몫했을 것 같긴 하지만.

아침에 인사 나누는 친구들이 늘어났다. 서로 친해지라고 화분 사이에 앉힌 석고 강아지 심바까지 사람 하나, 식물 셋, 총 다섯이서 복작대며 사는 우리 집. 누군가와 함께 산다는 건 배려와 노력이 필요하다. 하지만 그 속에서 얻을 수 있는 것도 분명히 있다. 같은 공간에서 같은 공기를 마시는 존재가 있다는 데서 오는 심리적 안정감, 그리고 애정을 가지고 돌볼 수 있는 대상과 더불어 산다는 일상의 재미처럼.

우리 집으로 가자

　자취를 좀 오래 했다. 내 명의로 계약한 첫 자취 집은 대학교 후문 근처 원룸이었다. 자취방이 있는 동기 집에 몰려가서 노는 것이 신입생들의 국룰이라서 어떨 땐 처음 보는 선배까지도 맞이해야 했다. 학교 앞 김치찌갯집에서 소주병이 볼링 핀처럼 쌓일 때쯤 자연스레 말이 나오곤 했다. 너희 집 가서 놀자고. 한 사람 누우면 꽉 차는 고시원만 한 데다 청소를 안 해서 더럽기가 이를 데 없다며 한 차례 진군을 물리쳤다. 그래도 괜찮다는 끈질긴 놈들은 다음 날 아침 일찍 부모님이 오시기로 했다는 최후의 한수로 물리치곤 했다.

　겨우겨우 혼자가 돼 도착한 내 집은 사실 장정 여섯 명은 들어갈 수 있는 크기에다 매주 쓸고 닦는 청정구역이었다. 부모님이 오신다는 것도 거짓말이고 말고. 그다지 친하지 않은 선배들이 땀에 전 양말로 들어와 내 이부자리 위에 눕는 것이 싫었다. 먹다 남은 안주 냄새가 자고 일어난 머리맡에서 나는 건 더 싫었다. 그렇게 지켜 낸 내 집과 달리 옆 골목에서 자취하던 다른 동기의 집은 4년 내내 학과 사람들의 사랑방이 됐다. 장소 협찬에 늘 술병 치우며 고생하는 그 친구만큼 인싸가 되진 못했지만, 내겐 집안의 평안을 지키는 것이 우선이었으니 후회되지 않는다.

직장생활을 시작했고 자취생활은 계속됐다. 학생 때 용돈에 비해서 수입이 많이 올랐지만, 전셋값은 더 올랐다. 전세자금대출을 받지 않아도 되는 선에서 회사 근처와 역세권이라는 조건에 맞는 곳을 고르니 10평 초반대 오피스텔 정도였다. 대학생 시절 자취방보다 두 배 정도 커지긴 했지만, 여전히 원룸 구조인 건 마찬가지였다. 그래도 위치나 집 컨디션이 썩 마음에 들어서 2년 남짓 살다가 적당한 곳으로 또 옮겨야겠다고 생각하며 일단 계약했다.

막상 들어와 보니 10평도 꽤 컸다. 침대 놓고 책상 놓고 책장 놓고 소파도 놓고 32인치 TV까지 놓아도 여유가 있었다. 곳간에서 인심 나온다고 했던가? 집이 조금 넓어졌다고 전에 없던 손님맞이를 결심하기도 했다. 회사 동기들이랑 삼겹살에 소맥을 말아먹고 나와서 딱 한 잔만 더하자며 10분 거리의 내 오피스텔로 향한 어느 겨울날이었을 거다. 회를 시켜서 술도 한잔하고 매운탕도 끓여 먹고 즐거운 시간을 보냈다.

거기까진 좋았는데 애들을 배웅하고 다시 들어와 침대에 걸터앉았더니 양념 묻은 생선 비린내가 폴폴 났다. 침대에서 고작 1미터 떨어진 곳에 있는 테이블 위, 치우지 않고 해산한 그 잔해에서 나는 냄새였다. 전주에 세탁소에서 찾아온 러그에는 빨간 매운탕 국물이 여기저기 스며들어 있었고, 맥주 냄새나는 누런 얼룩도 보였다. 짜증 섞인 한숨이 나왔다. 술기운과 피로감에 머리가 무거웠지만 이대로는 누워 봐야 뜬눈으로 밤을 지새울 것 같았다. 억지로 몸을 일으켜 집을 치우고 빨랫감은 한곳으로 몰아넣었다. 냄새를 뺀다고 연 창문 틈새로 차가운 겨울바람이 확 들이쳤다. 마무리하고 누운 침대에서 길게 숨을 내쉬며 눈을 감았다. 내가 왜 집에서 놀자고 했을까? 작고 귀여운 곳간에서 인심이 너무 쉽게 나왔다. 홈파티에 이어진 한밤의 청소 이후 쇄국정책이 다시 시작됐다.

아파트 생활을 시작하면서 조금은 마음 편히 손님들을 초대할 수 있게 됐다. 잠자는 침실처럼 그리고 밥을 해 먹는 주방처럼 거실이란 공간 역시 응접이라는 나름의 역할을 톡톡히 수행할 것이었다. 어느 정도 모양새가 갖춰진 집에 집들이 삼아 친한 친구들을 불러들였다. 자발적인 초대는 거의 처음이었기에 서로 어색하기까지 했다. 식탁 위에 회며 족발이며 음식들을 쭉 깔고 소주, 맥주, 위스키까지 잔뜩 섞어 마셨다. 술이 오른 친구 중 하나는 맥주캔을 들고 거실로 가서 소파에 드러누웠다.

자정쯤 되자 친구들이 돌아갔다. 나도 씻고 침실로 들어갔다. 언제나 그랬듯 즐거운 시간이었지만 이번엔 뭔가 달랐다. 굴러다니며 그렇게 신나게 놀았음에도 침대 근처가 깔끔했다. 놀고 마신 뒷정리를 전혀 하지 않았음에도 음식 냄새가 배지도 않았다. 오감으로 공간 분리의 참맛을 확인했던 집들이 날은 이사 첫날만큼 만족스러운 기분으로 꿀잠을 잤다.

자취하는 친구들이 주변에 여럿 있고 그중 원룸인들은 공통으로 공간이 분리된 삶을 희망한다. 그렇지만 모두가 공간 분리에 유난스럽진 않았다. 더러워지면 치우고 냄새나면 창문

열고 그냥저냥 잘들 살더라. 아예 밖에서 대부분의 시간을 보내는 친구도 있고, 높은 책장으로 가벽을 만들어 공간을 분리하는 똑순이도 있다. 혼자 사는데 번거롭게 뭘 꾸미고 치우냐며 마음 가는 대로 편히 사는 보헤미안도 있다. 행복해지기 위한 각자의 삶의 방식이다. 성향을 바꾸는 건 어렵지만 공간을 바꾸는 건 그래도 할 만하다. 유난스러운 나도 그렇게 선택한 거니 말이다. 아무튼 이제는 친구들에게 종종 말을 꺼낸다. 우리 집에서 놀아도 된다고. 좀 멀긴 하지만 따라올 테면 따라오라고. 아직 노래 가사처럼 익숙한 바이브로 하진 못하지만, 우리 집으로 가자고. It's alright~ 우리 집으로 가자~ 구리집으로 가자~ ♫

그렇게 세대주가 된다

집을 샀다는 사실이 알려진 이후로 친하든 덜 친하든 주변에서 종종 물었다. 집값은 좀(많이) 올랐냐고. 인사는 했는데 딱히 할 말이 없을 때 아저씨들이 대화를 이어 나가는 방식이라고 생각하면서 웃으며 대답한다. "네라고 하면 좋겠는데 요즘은 안 봐서 잘 모르겠어요." 실제로 계약서 작성하고 중도금까지 치른 뒤엔 실거래가 확인을 하지 않았다. 인터넷으로 손품 팔 때부터 동네 임장 다녀오고 계약까지 짧은 시간 동안 너무 많은 일을 하느라 좀 지치기도 했고, 이미 샀는데 봐야 무슨 의미가 있을까 싶어서. 물론 거기에는 한 분기도 지나지 않았으니 가격 변화가 딱히 없을 것이라는 믿음도 깔려 있다. 요 몇 년간 유례없이 비상식적이긴 했지만 본디 집값은 그리 쉽게 오르내리는 것이 아니니까.

잔잔하던 표정에 물결이 인 것은 한순간이었다. 주말 약속을 마치고 돌아오는 길에 휴대전화가 울렸다. 메신저 왔나 싶어 봤더니 상단에 보라색 집 모양을 한 부동산 앱 알람이 떠 있었다. '새로운 실거래가가 등록되었습니다.' 실거래가 알람 같은 걸 언제 설정했었나 생각하면서 한번 들어가 봤다. 근데 이게 무슨 일인지, 내가 매수한 금액보다 5천만 원이나 낮게 거래된 매물이 목록에 떠 있었다. 매물도 부족한 상황이었는데 갑자기 말이 되나 싶으면서 적어도 내 눈에는 비정상적으로 보이는 실거래가에 짜증이 확 났다. 내 집 계약 체결일로부터 한 달 좀 지나 찍힌 그 건은 같은 평수, 비슷한 층수의 매물이었다. 저층도 아니고 이게 말이 되나… 믿기지 않아서 다시 들어가 훅 꺾인 실거래가 그래프를 또 한 번 확인했다. 이번엔 허탈감과 걱정이 밀려왔다. 8퍼센트나 떨어졌다. 잔금 전이라 아직 들어가 보지도 못한 집 가격이 8퍼센트나 떨어졌다니.

이제 와서는 참 유난스러웠다 싶지만, 그때는 그러고 자시고가 없었다. 우선 부동산중개소 사장님에게 확인 전화를 했다. 오늘 자로 이상하게 낮은 실거래가가 하나 찍혀 있는데 혹시 이런 거래 건에 대해서 아시냐고 물었더니 되레 뭔 소리냐고 되물었다. 그런 매물 본인은 못 봤고, 증여 목적으로 이뤄진 개인 간 거래일 수도 있다는 의견을 들으며 짧은 통화를 종료했다. 휴대전화 바탕화면에 떡하니 업데이트된 호갱노노 앱. 이딴 게 왜 맨 앞에 나와 있는지, 알람은 왜 울린 건지 괜히 서비스를 원망했다. 집을 사기 전만 해도 좋은 친구였는데 이제는 쳐다보고 싶지 않은 사이가 됐다. 사자성어 '오월동주'의 정확히 반대 사례다. 내가 뭘 어떻게 할 수 없겠지만 그래서 더 울적했고 무기력했다. 나름의 확신과 뒷받침해 줄 근거를 가지고 구매한 집이었기에 가격 오르내림에 크게 흔들리지 않을 거란 믿음이 있었는데, 막상 그런 일이 실제로 일어나고 나니 불안해지는 건 어쩔 수 없었다. 서넛도 아니고 고작 한 건의 거래 때문에, 고작 돈 몇천 때문에 이렇게 멘탈이 흔들릴 줄은 몰랐다.

마음을 진정시키려 앉았다 누웠다를 반복하다가 워런 B핏에게 실거래가 사진을 캡쳐해 보냈다. 집을 마련하는 과정을 함께하면서 형에게 많이 의지했었다. 가만히 있는 것보단 친한 형과 대화하다 보면 기분이 나아질 것 같았다. 보내자마자 답장이 왔다.

'얼마 뒤면 재산세 부과하는 6월이기도 해서 이거 증여일 수도 있다.'

'그렇겠지?'

'어, 뭐, 그리고 아니라고 해도 어쩌겠노.'

'맞다. 이미 샀으니 신경 끄고 내 집에서 잘 살아야겠단 주의였는데, 가격이 훅 내려가니까 신경 엄청나게 쓰여서 계속 보게 된다.'

'그치, 그게 또 어쩔 수 없이 그렇게 되지.'

정수리까지 열이 올라오다가 다시 발바닥까지 텐션이 떨어졌다가…. 체념으로 애써 균형을 맞추느라 그날 밤엔 어떻게 잠을 이뤘는지 기억이 나지 않는다. 이후 며칠 간은 심심하면 실거래가 리스트를 확인했다. 매수 계약서를 작성한 뒤부터는 들어가 보지 않은 앱에 자주 들어가 보게 됐다. 출근길에, 일하다가, 퇴근하고 운동하면서도 봤다. 진짜인지 아닌지 초자연적 현상을 대하듯 '설마'하며 봤다가 화가 나거나 우울해졌다. 내가 어떻게 할 수 없는 문제라 기분이 더 오락가락했다.

타는 내 속도 모르고, 인사랍시고 어김없이 "집값은 올랐냐?"고 묻는 사람들에게 다시 웃으며 대답하기까지 보름은 걸렸던 것 같다. "말도 마라. 떨어졌다." 한 달쯤 뒤 새로운 거래들이 다시 정상가격으로 거래되고, 몇몇은 신고가를 갱신하면서 그때 사건은 나 혼자 심각했던 해프닝으로 마무리됐다. 때로는 평균가격보다 1~2천만 원 낮게 거래되기도 했지만, 때로는 그만큼 높게 거래되기도 했다. 실거래가는 조금씩 물결치는 듯한 얕은 변동 폭을 수반하며 하나둘 등록됐고, 나 역시 그런 현상에 적응해 갔다. 아직 들어가 살기 전이었던지라 집값 같은 외부적 상황만 보였을 때니 유독 예민했으리라.

막상 집에서 생활하기 시작하자 취향에 맞게 꾸밀 수 있고 놀러 오는 사람들과 즐거운 한때를 보내는 거주 공간으로서의 집의 가치에 집중하게 됐다. 이제는 웃으면서 말할 수 있는 마이너스 8퍼센트 폭락의 오인 사건은, 처음 부동산 거래란 걸 해 본 부린이라면 비슷하게 겪는 일이라고 한다. 너무 호들갑 떤 것 같아 부끄럽기도 하지만 대출도 많이 낀 데다가 너무 갑작스러워서 정말로 많이 걱정하긴 했다. 모두의 처음은 다 그런 거니까. 가끔 심심풀이로 호갱노노에 들어가 보기도 하면서 씩씩하게 잘 살아가고 있다. 그렇게 세대주가 되는 것이다.

집에서 할 수 있는 쓸데없는 20가지 (난이도 중)

★ ★ ★ ☆ ☆

1) 바닥 장판이나 벽지 뜬 곳 어디 있나 찾아보기

2) 강아지 인형 앞에다 사료 놓기

3) 찬장 속 빈 그릇 꺼내서 설거지

4) 영화 〈도어락〉처럼 누가 집에 숨어 있나 숨죽이고 침대 밑 보기

5) 배달시킬 때 엘리베이터 앞으로 주소 찍고 엘베 안에서 음식 받기

6) 차량용 청소기로 집 청소하기

7) 엄청 매운 떡볶이 시켜서 양념 씻어서 먹기

8) 욕조에서 목욕할 때 머리 박고 숨 참기

9) 눈 감고 TV 채널 돌려서 몇 번인지 맞히기

10) 샤워기 들고 영화 〈타짜〉 김혜수 성대모사 하기
　　 "쓸 수 있어! 쓸 수 있어!!"

11) 밖에서 들리는 개 짖는 소리 세기

12) 그레이의 50가지 그림자 놀이 (생각보다 재밌을 때가 있...)

13) 침대에 누워서 다른 지역 지하철 노선도 보기

14) 세탁기에 벗은 옷 3점 슛으로 던져 넣고 최시원처럼 "호우!" 외치기

15) 빈 술병 안 버리고 모아 두기 (손석 구씨?)

16) 당신의 집에서 할 수 있는 것들이 무엇인지 이어서 채워 주세요!

17) 당신의 집에서 할 수 있는 것들이 무엇인지 이어서 채워 주세요!

18) 당신의 집에서 할 수 있는 것들이 무엇인지 이어서 채워 주세요!

19) 당신의 집에서 할 수 있는 것들이 무엇인지 이어서 채워 주세요!

20) 당신의 집에서 할 수 있는 것들이 무엇인지 이어서 채워 주세요!

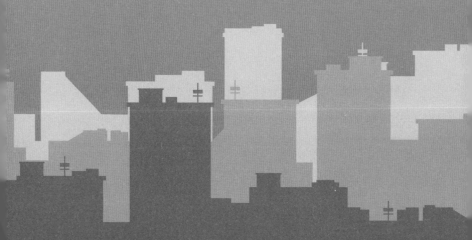

3부

태초에
살아온
집이 있으라

my home

기록상의 첫 집, 할아버지 댁: 대구광역시 서구 평리동 (세대원)

집을 구매하는 과정에서 여러 서류를 뗐다. 주택담보대출을 맡아 주기로 한 은행원 J형은 주민등록 초본과 등본을 '다 표시'된 양식으로 한 부씩 발급받아 오라고 했다. 주민센터 직원으로부터 건네받은 종이에는 정말로 모든 게 다 표시되어 있었다. 우리 가족들의 생년월일, 주민등록번호, 그리고 나면서부터 살아온 집들까지 모두. 건물 밖을 나와 걸으면서 그 목록을 쭉 읽어 내려가 보니 예전 우리 집에서의 기억이 새록새록 났다. 추억팔이란 게 바로 이런 건가 했다. 몇 년 살지 않은 내 인생에도 발자취를 남긴 집들이 여럿이었다. 집을 사겠다는 일념으로 전진만 하다 보니 전혀 생각 못 했던 부분이었다.

스캔 떠서 은행에 서류 제출해야 하는데 한참을 그러고 있었다. 시험 기간에 우연히 잡은 졸업앨범에 시간 가는 줄 모르고 빠져들던 때와 비슷했다. 과거의 집들에 얽힌 기억을 떠올려 보자니 퍽 재미있어 아예 벤치에 잠시 앉은 채로 주소지들을 읽어 나갔다. 은행에 빨리 보내 준다고 상 주는 것도 아니고 이런 기억 보따리가 언제 또 열릴지 모르니까.

기록상 내가 살았던 첫 번째 집은 대구의 평리동에 있던 할아버지 댁이었다. 서류에 따르면 우리 가족은 거기에서 내가 다섯 살이 될 때까지 살다가 다른 동네 아파트로 이사 갔다. 세상에 난 지 1년도 안 됐을 적부터 내가 처음 먹고 잔 곳이 할아버지 댁이었다. 그랬다는 사실을 부모님께 얼핏 들은 적은 있는데 그렇게 오래 살았는지는 몰랐다. 할아버지께서는 내가 중학교를 졸업할 때까지 거기 사셨으니 나도 그 집과 15년 이상을 알아 왔던 셈이다. 초등학생 시절에 매주 방문하던 할아버지 댁을 생각하면 아직도 생각나는 몇 가지가 있다.

'사글세 받습니다'

할아버지네 3층짜리 양옥 주택은 지금 도시에선 잘 찾아볼 수 없는 클래식한 분위기가 흐르던 곳이었다. 일단 문패가 있었다. 투박하지만 반듯이 다듬어진 면에 할아버지 성함 석 자가 세로로 적힌 길쭉한 원목 재질의 문패. 한자로 쓰인 그 이름표가 참 멋지다고 생각했다. 문패를 지나서 돌계단을 네 개 정도 올라야 마주하는 대문에는 할아버지께서 손수 제작하신 세입자 모집 공고가 붙어 있곤 했다. 자를 대어 찢어 낸 월 지난 농협 달력 뒷면에다 유성 매직으로 꾹 눌러 쓰신 '사글세' 공고를 볼 때마다 저게 뭐냐며 아버지에게 열 번은 물어본 것 같다. 읽을 때마다 혀뿌리에서 사글사글 긁히는 발음부터가 썩 마음에 들지는 않던 그것은 20년이 지난 뒤 내가 10년간 하게 될 월세(전세)살이와 비슷한 개념이었다.

그 남의집살이 선배들 중 두 명이 아직도 기억나는데, 그 둘은 성별부터 풍기는 느낌까지 180도 달랐다. 밝은 기억부터 말해 보자면, 때는 내가 아직 초등학교 입학하기 전이었을 거다. 할머니만 계신 집이 영 심심한 나머지 바깥 계단을 오르락내리락하다 3층 방에 사글세 들어 살던 누나랑 마주쳤다. 단발머리에 흰 얼굴, 서글서글해 보이는 인상의 누나는 웃으며 손을 흔들어 줬다. 할아버지 댁에서 처음 본 젊은 사람이었다. 이

전에 세 들어 살던 분들은 보통 아저씨나 할머니들로 좀 무뚝뚝한 느낌이 태반이었다. 인사를 먼저 해 주는 모처럼의 친절이 반가웠다.

누나는 이후에도 종종 마주칠 때마다 나와 여동생을 데리고 놀아 줬다. 할아버지 댁이 꽤 지루한 곳이라는 걸 알아갈 즈음이라 누나랑 노는 시간이 은근히 기다려졌었다. 몇 번 보진 못했지만 2층으로 올라가는 계단 난간 쪽에 쪼르르 걸터앉아서 배운 노래는 신기하게도 아직 기억난다. '바보 바보 바보야, ○○이는 바보야~' 중간에 내 동생 이름을 넣어 부르던 노래가 당시 유행하던 룰라의 〈연인〉 가사였음을 알게 된 건 TV에서 옛날 가요가 나오던 2021년의 여름날이었다. 아무리 많아 봤자 고등학생 정도로 밖에는 안 돼 보이던 그 누나는 언제나 참 밝았다.

두 번째는 무서운 아저씨였다. 할아버지 댁 아래 1층에서 살던 무서운 아재는 늘 민소매 비슷한 걸 걸치고 마당 화장실 앞 계단에 걸터앉아 담배를 피고 있었다. 아니, '담배를 꼬나문다'란 표현이 너무나 잘 어울리는 그런 야인이었다. 그 집에서만큼은 주인집 손자라는 성골 지위에다가 아직 사람 보는 눈도 없었을 유치원생마저도 살금살금 걷게 만들었으니까 말이다.

그 아저씨는 정말로 주먹패 소속이었던 걸로 기억한다. 어느 날 이야기 좀 하자며 소주 두 병과 회 한 접시를 사 들고 할아버지 안방으로 쳐들어온 바람에 할머니가 거실 전화기를 붙들고 112에 신고할 태세를 취하셨다는 일화까지 있었다. 아저씨가 왜 그런 건지, 할아버지와 무슨 대화를 나눴고 그 뒤에는 어떻게 됐는지 친척 어른들이 하는 이야기를 어렴풋이 들은 기억이 나는데 내용은 생각 안 난다. 그저 드라마에나 나올 법한 깡패 아저씨가 우리 할아버지 안방에서 행패를 부린 것에 대한 놀라움과 호기심이 또렷이 기억날 뿐이다. 이제 와서 생각해 보면 아마도 돈과 관련된 이슈가 아니었을까? 사글세를 좀 깎아 달라는 하소연을 아저씨답게 한 건지도 모르겠다.

룰라 누나와 야인시대 아저씨는 어느 주말 할아버지 댁에 방문하니 보이지 않았다. 할머니한테 그분들 어디 갔냐고 물으니 그냥 방 뺐다는 건조한 대답만 돌아왔을 뿐이다. 오래 알진 못했고 교류도 많지 않았지만 모쪼록 잘 되어서 나가셨기를 바란다. 20년이 지난 지금도 어딘가에서 다들 잘 살고 계시기를 응원한다. 남의 집 세살이가 그렇게 불행한 경험까진 아니더라도 그리 유쾌하지 않다는 걸 나 역시 잘 알기에. 그러나

저러나 그들이 떠난 다음 날이면 어김없이 할아버지 댁 대문에는 지난달 농협 달력이 붙었다. '사글세 받습니다.'

갑자기 분위기 바퀴벌레

호환 마마를 경험하지 못한 우리 세대에게 아마도 가장 무서운 것을 말하라면 바퀴벌레가 아닐까. 아무도 없는 집 거실 바닥에서 바퀴벌레를 독대한다면 머리끝은 서늘하다 못해 쭈뼛 서고 등줄기엔 식은땀이 쫙 흐를 거다. 놈들의 번식력을 고려하면 결코 그냥 둘 수 없지만 잡기도 겁나 쉽사리 움직일 수도 없다. 그사이 싱크대나 냉장고 밑으로 들어가 버린다면 언제 다시 나타날지 모른다는 공포심에 결코 잠들 수 없는 밤이 시작된다.

바닥을 기어 다니는 바퀴벌레보다 더 무서운 건 천장에서 떨어지는 바퀴벌레다. 할아버지 댁에서 잠을 자다가 한밤중에 목이 말라 부엌에 들어갔었다. 불을 딱 켰는데 얼굴에서 고작 20센티 떨어져 있는 벽에 고동빛의 윤기 흐르는 뭔가가 붙어 있었다. 한겨울에 매미도 아니고 뭔가 싶어서 눈을 비비고 다시 확인했는데, 했는데… 바퀴벌레!!! 심지어 그 타이밍에 그게 움직이다 내 발등에 떨어졌다! 그 순간의 심정은 그야말로 '놀

랄 노' 자. 경악과 경기의 향연이 펼쳐졌다. "아이고! 무슨 일이고! 무슨 일이고!" 변성기가 시작된 13세 남아의 우렁찬 비명에 깜짝 놀란 할머니가 바로 뛰쳐나오셨다. 혹시 손자가 다쳤는지 내 손을 붙들고 "괜찮나? 괜찮나?" 거듭 물으셨는데 민망해서 차마 바퀴벌레 때문에 그랬다고 말할 수가 없었다. 물을 마시지 못했지만 감히 다시 부엌에 갈 엄두가 나지 않아 타는 목마름을 참으며 잠을 청했다.

다음 날 아침, 할머니가 건네주신 물잔을 마다하고 옷을 갈아입자마자 생수를 사러 동네 슈퍼로 달려갔다. 구수하기도 하고 눈에 좋다 해서 곧잘 마시던 할머니표 결명자차를 더는 마실 수 없을 것 같았다. 가스레인지 위 커다란 솥에 가득 끓인 그 물을 식힌다며 어젯밤 내내 뚜껑을 열어 두었으니까. 어제 본 그놈이 그 솥에 들어가지 않았을 거란 보장이 어디에 있을까? 걔도 목이 말라 그 안에 들어가서 양껏 마시고 나왔을 수도 있다. 차라리 모르고 마시면 몰라도 알고 나니 마시기 힘들었다. 그날은 토요일 오후였는데, 다음 날 저녁 집에 돌아오기까지 혼자 생수를 계속 사 마셨다.

사실 그날 밤뿐만 아니라 할아버지 댁에서 종종 바퀴벌레를 봤었다. 3층에 사글세를 주면서 폐쇄하고 창고로 쓰던 안쪽 계단 문 근처, 또 잘 쓰지 않아 창고로 쓰던 방들에서도 출몰한 적이 있다. 그런 곳은 인적이 드물어서 그랬다 쳐도, 사람이 자주 들락거리는 거실이나 작은방에서도 바퀴벌레가 빨빨대며 기어 다녔었다. 보름에 한 번꼴로 봤던 것 같다. 그만큼 봤으면 적응할 만도 한데 나와 사촌들은 언제나 처음 본 것처럼 무서워했다. 아마도 주택이라 더 그랬지 싶다. 마당까지 갖춰진 데다 부엌에 펼쳐 놓은 음식도 가득한 할아버지 댁은 벌레들에겐 젖과 꿀이 흐르는 땅이었을 거다. 심지어 할아버지는 농촌 출신이셔서 흙과 먼지와 벌레에 큰 거부감이 없으셨던 것 같다. 벌레 입장에선 개이득.

동생은 아직도 평리동 할아버지 댁을 '바퀴벌레 집'으로 기억한다. 다행히 그 후 20년이 지나도록 내가 살던 집에서는 바퀴벌레를 본 적이 없다. 우리 집 어딘가에 있다고 해도 차라리 모르고 사는 편이 속 편하다는 걸 할아버지 댁에서 알게 됐다. 놈들의 습성상 내가 들어서는 순간 틈새로 숨어 버렸을 수 있지만, 적어도 마주치지 않았단 점에 감사할 뿐이다.

아롱이

아롱이는 요크셔테리어, 개였다. 평리동 대문을 들어서면 바로 보이는 마당에 아롱이의 집이 있었다. 원래는 손수레처럼 창고에 못 들어간 큰 물품들을 놓아두는 곳이었는데, 양철 밥그릇과 물그릇 그리고 나무로 만들어진 강아지 집까지 있어도 그리 좁지 않은 4평 정도의 공간이었다. 내가 초등학교 들어갈 때쯤 큰집 식구들이 키우던 아롱이를 할아버지 댁에 맡겼다. 카스텔라에 우유를 간식으로 먹었다던 아롱이는 전입 첫날부터 앞마당에 묶인 채로 주는 대로 받아먹어야 하는 처지가 됐다. 배식 메뉴는 그날 집에서 먹고 남은 잔여 음식물. 시골집에서 셰퍼드를 키웠던 할아버지는 '개는 개답게' 키워야 한다는 엄격한 종족 분리 신념을 바탕으로 아롱이에게 짬밥 처리 임무를 내리셨다.

제삿날 할아버지 댁에 모인 아이들은 산적 등을 몰래 숨겨 나와 불쌍한 아롱이에게 던져 줬다. 사실 꼬치에서 가장 인기 없던 우엉이나 파만 쏙 빼서 주긴 했지만, 그래도 아롱이는 잘 받아먹었다. 할아버지는 아롱이를 일주일에 한 번은 목욕시켜 주셨는데, 그 방법이 좀 특이했다. 긴 고무호스의 입구를 손가락으로 찌부러뜨려 수압을 강하게 해서 마당의 모과나무며 이름 모를 식물에 물을 주시다가 가만있는 아롱이한테 물줄기를 겨누셨다. 물론 아롱이에게는 물줄기 세기를 낮춰 쏘셨지만, 무방비 상태로 있다가 갑자기 물세례를 맞은 강아지는 펄쩍 뛰고 난리도 아니었다. 역시나 '개는 개답게' 주의랄까.

이런 노력에도 불구하고 아롱이를 쓰다듬을 때는 꼭 숨을 참고 만져야 했다. 할아버지께서 아롱이에게 물은 열심히 뿌리셨지만, 따로 샴푸질을 해 주진 않으셨기 때문이다. 덕분에 부잣집에서 카스텔라를 즐기던 아롱이는 다 만진 후엔 손을 꼭 씻어야만 하는 강아지가 됐다.

강아지한테 물을 저리 쏘면 안 된다는 건 생각도 못 하던 시절, 나 역시 밥상머리서부터 할아버지가 시키시는 대로 따르며 자랐다. "학교에 가면 먼산 쳐다보고 있지 마라." "밥 먹을 땐 테레비 꺼라." 경상도 어르신답게 부연 설명 없이 간결하고 함축된 문상에 나를 포함한 사촌들은 그저 고개를 끄덕였다. 초등학교에 들어가면서부터는 할아버지의 방식에 조금씩 의문을 품게 됐다. 가끔 "왜요?"란 말이 입 밖으로 튀어나올 때도 있었는데, 어디 어른한테 말대꾸를 하냐는 호통이 떨어지곤 했다. 어차피 내가 질 거라는 걸 알면서도 물러서지 않고 소심한 반감을 표시하다가 더 크게 혼이 나 닭똥 같은 눈물을 흘린 적도 있다. 지금 생각해 보면 별 시덥잖은 일로 꽤 자주 부딪혔던 것 같다. 내가 할아버지를 고리타분하다고 느끼듯 할아버지는 아마 요즘 애들 참 앙큼하다고 여기셨을 거다.

다시 아롱이 이야기로 돌아가서, 할아버지가 아롱이에게 짬밥을 먹이고 손 한 번 대지 않는 샤워를 시켰다고 해서 아롱이를 안 좋아하셨냐 하면 그건 또 아니다. 둘이서 공원으로 놀이터로 산책도 자주 다녔고 아롱이가 죽은 뒤로는 눈물을 뚝뚝 흘리시면서 어딘가 묻어 주셨다는 이야기도 삼촌에게서 들었다.

시간이 흘러 내가 고등학생이 되고 할아버지가 여든을 넘기셨을 때쯤부터 우리는 대화가 조금 통하기 시작했다. 할아버지는 나를 준 성인으로서 대우해 주셨다. 전처럼 혼도 잘 내지 않으셨고, 내게 위안을 얻거나 의지하고 싶어 하시는 마음이 느껴졌다. 어른께서 많이 유해지신 덕에 나도 그를 조금씩 이해해 나갈 수 있었다. 정확하게 말하면 할아버지께서 살아오신 시대에 대한 이해였다. 할아버지는 '개를 개답게' 키우는 게 당연한 시대를 지나오셨을 뿐이었다. 6·25 이후의 혼란스러운 상황에서 자기 식구 먹일 것도 없는데 어디 개한테 제대로 된 먹이를 줄 수 있었을까? 좋다, 나쁘다는 개념이 아니라, 그 시대엔 모두가 그렇게 생각했고 그렇게 살았으니까. 할아버지가 요즘 사용하는 '반려견'이라는 명칭을 듣는다면 어떤 반응을 보이셨을까? 사람한테나 쓰는 '반려'란 단어를 어디 개한테 갖다 붙이냐며 노발대발하셨겠지.

이 외에도 사촌들과 옥상에서 무궁화꽃이 피었습니다, 얼음땡을 하며 놀던 때와 동네 책방에서 만화책 50권을 빌려 와 작은방 하나를 가득 채운 이야기, 그리고 할아버지랑 사촌 동생까지 손에 손잡고 가서 먹던 시장 떡볶이까지, 나의 유년 시절 기억의 3분의 1은 평리동 할아버지 댁과 연관되어 있다. 가물가물 하나마 어렴풋이 기억나던 할아버지 댁 가는 길도 이젠 완전히 잊어먹었다. 평리동에 살았다는 회사 동기 말로는 몇 년 전에 일대가 재개발되었다고 한다. 나지막한 주택들과 추억의 가게들로 둘러싸여 있던 언덕배기 마을. 만화책방 간다며, 슈퍼 간다며, 여러 차례 오간 집 앞 골목만은 확실히 떠오르는 그 동네. 할아버지의 옛집엔 지금 누가 살고 있을까? 돌아가신 할아버지가 그리워지는 그곳은, 한 번은 가 봐야지 생각만 하다가 끝내가 보지 못한 기록상의 첫 집이자 기억 속의 첫 집이다.

4인용 식탁, 유 패밀리 :
대구광역시 달서구 월성동 (세대원)

서울에서 대학교를 나오고 직장생활도 하고 있지만, 지금까지 가장 오래 산 지역은 대구다. 그중에서도 부모님 댁에서 살아온 시간이 가장 길 것이고. 부모님은 내가 태어나자 할아버지 댁에 들어가 사셨고, 내가 5살이 되고 여동생이 태어난 이듬해 아파트 청약을 받아 분가하셨다. 아버지가 내게 그토록 청약을 강조하신 게 이해가 되는 부분이다.

월성동 아파트는 할아버지와 할머니, 막내 삼촌까지 총 일곱 명의 대가족이 살던 평리동 집을 떠나 4인용 식탁에 둘러앉아 밥을 먹을 수 있었던 우리 가족의 첫 집이었다. 준공 연도는 1991년으로 내 나이보다 한 살 어렸다. 뒤로는 산을 두르고,

앞으로는 지역 최대 규모의 성당을 마주한 우리의 첫 아파트는 대자연의 기운과 지저스의 홀리한 은혜를 폭포수처럼 받을 수 있는 최고의 입지였다. 이유를 알 수 없지만 '학산'이라는 공식 명칭보다 '뒷산'이라는 이름으로 불리던 그 산을 아버지는 주말마다 오르내리셨다. 스물일곱에 결혼하셨으니 당시 아버지 연세는 지금 내 나이와 별로 차이가 나지 않았다. 일찍부터 원숙한 취미를 즐기셨었네. 어머니가 아침부터 싸 주신 김밥 배낭을 맨 아버지를 가끔 졸졸 따라다니곤 했다. 짧은 다리로 낑낑대며 올라선 동산에선 우리 집이 곧바로 보였다. 아파트 키드로서의 라이프가 본격적으로 시작된 곳이었다.

나의 첫 방

보성아파트에 입주할 때쯤 소유에 대한 개념이 어렴풋이 정립돼 가고 있었다. 그리고 타이밍 좋게 내 방이 생겼다. 조그만 침대와 역시나 조그만 책장과 어린이용 책상 세트가 있었고 벽 한쪽에 붙박이장이 있었다. 내방에서 가장 먼저 진행된 과제는 혼자 자기였다. 말이 쉽지 절대 쉽지 않았다. 혼자서도 척척 잘 자는 큰 형아 소리를 듣고 싶었지만, 어둠이 무서워서 꼭 작은 수면등을 켜야만 했다. 엄마에게 방문 닫지 말아 달라고 몇 번이고 신신

당부하고서야 이불에 들어갈 수 있는 겁쟁이였다. 잠들기 일보 직전엔 꼭 오줌이 마려웠다. 당시 납량특집 프로그램 〈전설의 고향〉에 나온 '내 다리 내놔 귀신'이 자꾸 생각나서 나가지도 못하고 이불을 뒤집어썼다 내리기를 반복하다 지쳐 곯아떨어지곤 했다. 너무 무서운 날에는 베개를 들고 슬그머니 부모님 방에 들어가 자기도 했지만, 자기 살 길은 자기가 판다고 나중엔 무서움을 덜 느끼면서 잠드는 방법을 자꾸 고안하게 되더라. 수면등 바로 앞에 이불 깔고 자기, 좋아하는 동요 무한 반복 부르기, 동화책 테이프 틀어 놓기, 낮에 본 만화영화 이어서 상상하기…. 아직도 귀신이 무서운 걸 보면 그다지 신통한 방법은 아니었나 보지만.

나는 그 집에서 혼자 자는 법 말고도 이것저것을 몸으로 배워 나갔다. 내 방 안에서만큼은 장난감을 세 통 모두 쏟아 놔도 됐지만, 가지고 논 것은 스스로 치워야 했다. 엄마는 처음엔 몇 번 뒷 정리를 해 주시더니 그 뒤로는 나더러 혼자 치우라고 하셨다. 어차피 다음날 또 가지고 놀 테니 혼이 나지 않으면야 나로서는 치울 이유가 없었다. 그렇게 어린 보헤미안의 삶을 살던 중 아침에 일어나서 방 밖으로 걸어 나오다 꽈당 넘어졌다. 내 발목을 걸어 넘긴 건 아끼던 로봇 볼트론의 팔이었다. 그 뒤로 비슷한 일이 두어 번 더 생기자 시키지도 않은 정리를 주섬주섬하기 시작했다. 자유와 책임의 학습화라고 말하면 너무 거창할까? 어쨌든 무릎과 팔꿈치에 피멍이 들어가며 배운 생존의 법칙이었다.

그렇게 배움의 방에서 한글을 뗐고, 처음 본 외국인 원어민 교사와 마주 앉아 알파벳을 익혔고, 구구단을 본체만체하다가 결국은 외웠다(엄마가 벽에 붙인 구구단 포스터는 나중엔 18단까지 늘어났다). 좀 더 커서는 구몬 선생님이 오시면 집에 없는 척하는 시대를 초월한 은신술을 습득했으며, 피아노를 배울 땐 바이엘 곡을 한 번 연습할 때마다 하나씩 칠하는 사과를 못해도 500개는 칠했던 거 같다. 뭐 그중 태반은 연습 안 하고 그냥 칠했지만.

초등학교 2학년 소풍 때 장기자랑을 위해서 카세트테이프를 수십 번 돌려 가며 HOT 노래 가사를 받아 적던 곳도 내 방 책상 위였다. 그렇게 숙제부터 취미생활까지, 해야 할 것들이 늘어 가면서 방에서 머무는 시간도 늘었다. 혼자 있는 게 무서워 밤새 열어 두었던 방문도 점점 닫혀 있을 때가 많았고, 아무렇게나 던져 놓던 물건들도 나름의 정렬을 갖추고 서랍 안쪽부터 가지런히 놓였다.

3학년이 되면서 내 방에 분홍색이 조금씩 늘어나기 시작했다. 장난감 손거울을 포함한 그 아기자기한 물건들은 동생 게 틀림없었다. 엄마한테 왜 저런 게 내 방에 있냐고 물었더니 동생이 유치원에 들어가서 짐이 늘어나게 됐다고 하셨다. 잠은 따로 자도 짐은 좀 같이 두면 안 되겠냐고 하셨다. 내심 불만스러웠지만 어쩔 수 없었다. 내 방 아닌 내 방 같은 부모님의 집이었으니까. 자주 보면 안 싸우던 놈들도 싸운다. 아마도 동생과 티격태격하기 시작한 건 그때부터였을 거다. 여느 동생들이 그렇듯 내 동생도 오빠가 하는 건 유심히 보다가 따라 하곤 했다. 따라 할 수 없는 건 흉내라도 냈다. 책상 한쪽에 네임펜으로 또박또박 써 놓은 '○○천재' 바로 아래에 대책 없이 삐뚤빼뚤한 글씨로 쓰인 '○○왕'을 보고 속상해서 울었던 기억이 난다. 엄마에게 일렀지만 내 어린 호적메이트의 행위 예술을 부모님은 꽤 귀엽게 보신 건지 봐주자는 분위기였다. 지금은 몰라도 그땐 전혀 귀엽지 않았다. 내 방과 내 물건들을 내가 얼마나 애지중지했는데.

그 방에서 어린 동생을 포용하는 법도 배우면 좋았겠지만, 그렇게 되기까지 20년은 더 걸린 것 같다. 어머니의 재테크 덕에 집 평수는 계속 늘어났고, 내 방이 크기도 나라 커졌다. 그리고 2000년에 다른 집으로 이사 가면서 동생도 드디어 자기만의 분홍색 방을 갖게 됐다.

우리는 모두 누군가의 전화 교환원이었다

내가 어릴 적에는 집마다 집 전화가 있었다. 말 그대로 집에 설치된 유·무선 전화기. 지금은 대부분 역사의 뒤안길로 사라졌지만, 당시엔 없어서는 안 될 가내 필수품이었다. 초등학교에 들어가면서부터 조그만 수첩을 들고 다니면서 친해진 친구들의 전화번호를 받아 적곤 했다. 깜박하고 알림장에 못 적은 숙제도 물어보고 같이 축구할 친구를 찾으려면 필수였다. 기지국 전화 교환원은 진즉에 사라졌지만, 걸려 온 전화가 본인에게 온 게 아닐 시엔 친절한 교환원이 되어 주던 90년대 가정집. "안녕~ 나 누구네 엄마인데, 엄마 집에 계시니?" "안녕하세요! 저 아무개 친구인데요, 아무개 좀 바꿔 주세요!" 가족 모두가 언제나 집에 있는 건 아니었기에 서로의 전화를 대신 받아 주면서 나는 부모님의 지인을, 부모님은 내 친구들과 한 번씩은 통화했다. 그러다 보니 식사하다가 부모님이 친구의 안부를 묻는 것이 이상하지 않았고, 자연스럽게 학교에서 있었던 일로 넘어가서 가족들과 이야기를 참 많이 나눴던 것 같다. 집 전화 때문만은 아니지만, 집 전화 덕이긴 했다.

우리 집에는 유선 전화기 두 대, 무선 전화기는 한 대가 있었다. 유선 전화기들은 먼저 샀음에도 새것처럼 표면이 윤이 나는 반면, 무선 전화기는 은색 칠이 다 벗겨질 정도로 압도적으로 수요가 많았다. 당연히 모두의 1순위였던 무선 전화기는 언제나 행방불명 상태였다. 한참을 찾다가 포기하고 유선으로 통화를 마치면 집 어딘가에서 이런 소리가 들려 왔다. "전화기 여기 있네!!" 무슨 보물찾기도 아니고 침대 이불 속이나 책장 위, 화장실 세면대, 소파 사이처럼 별 희한한 장소에 박혀 있었다. 사라진 전화기를 3주 뒤에 냉동고 안에서 발견했다는 고모네에 비하면 우리 집은 양반이었지만.

집안을 자유롭게 돌아다니면서 쓰라고 개발된 무선 전화기였지만, 통화하며 다니다가 어디에 두었는지 잊어서 괜히 혼나지 않으려면 그걸 들고 너무 돌아다니진 말아야 했다. 한 가구당 한 회선을 사용하는 게 일반적이었기에 전화 쟁탈전도 꽤 많이 발생했다. 전화 걸려고 수화기를 들면 한참 전에 통화하기 시작해서 아직 끝나지 않은 어머니의 목소리가 들렸다.

96년도에 휴대전화를 구매하신 아버지는 그 후로 집 전화기를 거의 쓰지 않으셨다. 처음 본 휴대전화에 잔뜩 흥분해서 무선 전화기랑 비슷하게 생겼는데 뭐가 다르냐며 계속 물어봤던 기억이 난다. 호시탐탐 노렸지만 만지는 건 죄다 망가뜨리는 파괴신 시절이었기에 아버지의 시야 안에서만 휴대전화를 만져 볼 수 있었다. 어머니는 97년도에 당시 출시된 '걸리버폰'를 구매하셨지만, 시외전화 요금이 비싸다며 계속 집 전화를 애용하셨다. 나는 중학교 1학년이 되면서 슬라이드 형식의 LG CYON을 첫 휴대전화로 선택하면서 집 전화기와 결별했지만, 그때는 물론 동생이 첫 휴대전화를 갖게 될 때까지도 어머니는 홀로 집 전화를 고집하시다가 2010년이 조금 지나서야 모두의 성화에 못 이겨 유선전화를 해지하셨다.

엔틱 소품으로 쓸 만한 전화기도 있었지만, 미니멀리즘 주의인 아버지가 어머니 몰래 가져다 버리셨다. 자취방에서 돌아와 본가에 있는 내방 서랍 정리를 하면서 친구네 집 전화번호가 적힌 옛날 수첩을 발견했다. 지금은 연락하지 않는, 당시에 가장 친했던 친구네 집 번호로 전화 걸어 봤다. 혹시나 했는데 역시나 번호 주인이 바뀌어 있었다.

집밥에 관하여

부모님 댁에서 살면서 가족들 얼굴만큼 많이 본 것이 어머니의 밥상일 거다. 어머니의 음식은 맛있었다. 어릴 적부터 입이 몹시 짧았던 나는 밥을 하도 안 먹어서 유치원 때부터 어머니가 밥숟가락을 들고 놀이터까지 따라와 밥을 먹이곤 하셨다. 잘 몰랐지만 어머니의 음식 솜씨는 반 친구들 사이에선 꽤 유명했다. 엄마들은 아이 친구가 놀러 오면 꼭 밥을 먹여서 보내곤 했는데, 어느 점심에 우리 집에 놀러 온 친구에게 가볍게 해 주신 엄마표 잔치국수가 친구들 사이에서 인기가 꽤 있었다. 먹고 싶어서 또 놀러 오는 녀석들도 꽤 있었으니까.

아침은 간단한 빵을 선호하던 나와 달리, 밥과 국을 꼭 드셔야 했던 아버지와 아버지를 닮은 여동생 때문에 어머니의 아침도 덩달아 분주했다. 나는 시계 알람이 울리기도 전에 압력밥솥에서 김빠지는 소리에 눈을 뜨곤 했다. 손이 크셔서 반찬의 종류도 양도 항상 많았는데, 나는 그 밥상을 마주 대할 때마다 군침이 돌면서도 항상 묘한 부담감을 느끼곤 했다. 오늘도 다 못 먹을 것 같아서. 분명 맛있는데 너무 많았기 때문이다. '맛있게 팍팍 많이 먹길' 바라던 어머니의 기대를 충족하기가 쉽지 않았다. 남겨도 된다고 하셨지만 어머니가 해 주신 음식이니까 남기고 싶지 않았다. 그래서 늘 소화제를 달고 살았는데, 소화제를 꺼낼 때마다 늘 어머니의 냉장고를 보고 놀라곤 했다. 냉장고 안이 항상 빼곡했기 때문이다. 가족들을 잘 먹이고픈 마음이 꽉꽉 들어찬 냉장고에는 과일부터 요구르트까지 온갖 식료품들이 가득했다. 그 덕분에 배고픈 적이 없어 그런지, 지금도 밥 욕심이 적은 것 같다.

고등학생이 되면서 갑자기 먹성이 좋아졌다. 덩달아 어머니가 바빠지셨다. 한 주에 마트를 두 번씩이나 다녀오셨는데 어느 날 양손 가득 들고 오신 봉지를 보고 깜짝 놀라서 그게 다 뭐냐고 물었다. "다 네가 먹을 것들"이라는 대답에 조용히 넘겨받아서 부엌까지 옮겼다.

청소년 시기에는 특히 잘 먹어야 한다며 거의 매일 아침 고기를 구워 주셨다. 덕분에 아침에 먹는 고기가 가장 맛있다는 걸 강호동만큼 잘 안다. 2000년대 중반부터 약 5년간 우리 집 엥겔지수가 지금의 비트코인 수익 상승률 수준으로 올랐을 거다. 어머니는 두뇌를 사용할 때 칼로리가 많이 소모된다면서 매일같이 공부방에 음식을 코스요리처럼 가져다주셨다. 자정에 학원에서 돌아와도 뭘 먹어야 힘을 내서 공부한다면서 밥을 차려 주시려고 했지만 나는 한사코 거부했다. 이상하게 공부할 때는 배가 별로 안 고팠다. 나중에 찾아보니 정말로 두뇌 활동을 8시간 하면 3시간 동안 걷는 것과 맞먹는 칼로리가 소모된다고 했다. 당시 나는 두뇌를 풀 가동했었는데, 한창때에 왜 배가 고프지 않았는지 아직도 미스터리다.

내 집을 장만하면서 청소하고 빨래하고 자는 것까지 부모님 댁에서의 생활을 비슷하게 따라 하곤 있지만, 먹는 것을 챙기는 건 여전히 어렵다. 한 주의 태반을 배달 음식으로 때우고, 마음먹고 요리해 봐야 볶음밥이나 카레 정도다. 라면보다야 낫겠지만 뭔가 알찬 한 끼로는 2프로 부족하다는 생각은 어쩔 수 없다. 어머니가 보내 주시는 밑반찬을 꺼내 놓아야 어느 정도 만족스러운 집밥이 차려진다. 지난번에 부모님 댁 내려갔을 때 한 짐 잔뜩 싸 주시던 반찬을 무겁다며, 기차에서 냄새난다며 한사코 물렸는데 왜 그랬나 싶다. 그때 받아 올걸.

오늘도 피곤하다는 변명을 대며 배달 음식을 시켰다. 맛은 있지만 건강하진 않은 듯한 치킨을 뜯고 나니 속이 더부룩했다. 얼큰한 찌개에다 계란말이, 시금치, 갈비찜이 차려진 밥상이 눈앞에 아른거렸다. 밥을 먹으면서도 집밥이 고픈 저녁이었다. 어릴 적 깨작거리면서 먹던 어머니 밥이 너무 먹고 싶었다. 어머니가 흐뭇하시게 '맛있게 팍팍 많이'.

처음 해 본 남의집살이, 열다섯의 미국집 : 미국 오리건주 캔비 (홈스테이)

만으로 열다섯이 된 중학교 3학년 때 처음으로 남의집살이를 했다. 그것도 자그마치 만 킬로미터나 떨어진 미국에서. 사촌 형네서 가져온 홍정욱 씨의 책 《7막 7장》을 읽고 나서 나 또한 천조국에서 꿈을 펼쳐 보리라 다짐한 것이 시작이었다. 역사와 전통을 자랑하는 본투비 코리안 집안에서 유학을 결심한 후 우여곡절 끝에 도착한 미국 오리건주의 포틀랜드 공항. 지금에야 《Kinfolk》 잡지와 면세정책으로 꽤 유명해졌지만, 당시엔 유학 가는 나조차도 처음 들은 도시였다. 거기가 어디냐는 질문에 미국 서부 캘리포니아랑 워싱턴주 사이에 있는 곳이라고 스무 번쯤 설명해 줬을까? 게임 NPC처럼 자꾸만 똑

같은 대답만 하다가 입이 아파 그냥 바보가 되기로 했다. "나도 잘 몰라. 그냥 서부에 있는 도시래."

땅덩이는 한국의 수배가 넘어도 열에 스물은 들어본 적 없던 그곳은 유학원에 비용을 더 지불해야만 갈 수 있는 프리미엄 패키지 지역 중 하나였다. 현지 유학원의 관리 시스템이 체계적인 곳으로 유명하다나? 아무튼 미국 포틀랜드 공항에 도착해서 빅 소리가 절로 나오는 커다란 빅맥과 콜라를 쭉쭉 빨면서 유학원 직원을 기다렸다. 앞으로 내가 지낼 집으로 그가 데려다 줄 예정이었다.

윌슨빌 2가의 Dok2

자립하기엔 아직 어린 중학생 신분인지라 현지 가정에서 홈스테이하기로 했다. 한국말로 하숙. 검은 머리 갈색 눈의 어린 학생을 맞아 준 건 빨간 머리(옅은 갈색 머리칼을 미국인들은 그렇게 부르더라)에 파란 눈동자를 한 가족이었다. 그들의 집도 할아버지 댁처럼 주택이었다. 마당도 있었는데 평리동 할아버지 집보다 20배는 커 보여 눈이 휘둥그레졌다. 축구장처럼 잔디가 깔린 데다가 스프링클러까지 착착 돌아가고 있었다. 주차장 옆엔 작은 농구 반코트도 마련돼 있었다. 멀리 창고처럼 보이는 큰 건물 너머엔 묘목농장도 따로 있다고 했다. 이 일대 집이 다 이렇다고 하시는 주인아주머니의 말을 들으며 아까 공항에서 먹은 햄버거처럼 미국은 모든 게 크구나 싶었다.

마당 한구석엔 자꾸만 눈길을 끄는 뭔가가 또 있었다. 농구 골대보다 그리로 먼저 다가가고 싶었지만 처음이니까 좀 얌전히 있어야 할 것 같아서 참았다. 미국 집에서의 일상은 한국에서랑 비슷했다. 부엌에서 밥 먹고 거실에서 TV 보고 화장실에서 볼일 보고 침실에서 누워 자고. 스쿨버스를 타기 위해 뛰쳐나갈 때면 보들보들한 발바닥 촉감이 생소해 바닥을 내려다봤다. 바닥에 깔린 카펫을 보며 여기가 한국이 아니라는 사실을 실감하곤 했다.

아침에 밥이랑 국 대신 시리얼과 토스트를 먹는 미국 스타일에 적응이 조금 되고 나서야 첫날 내 눈을 사로잡은 마당에서의 그 뭔가를 찾아 나서기로 했다. 생뚱하긴 하지만 바로 마당 한쪽에 있던 도끼였다. 게임 아이템으로만 접하던 무기를 실제로 처음 봤다. 그래픽이 아닌 쇠로 구성된 리얼 액스는 생각보다 작긴 했지만 토르의 망치처럼 당당한 자태로 장작더미 위에 세워져 있었다. 호스트 삼촌에게 허락을 구하고 장작을 하나 패 보기로 했다. 삼촌의 시범을 보고 이어서 내가 도끼를 쥐었다.

나무 손잡이가 손에 착 감기는 감촉에 도끼와 하나가 된 느낌이었다. 일직선으로 그대로 내려치자 나무는 곧바로 양쪽으로 쫙 갈라졌다. 태권도 도장에서 송판을 격파하는 것과는 전혀 다른 손맛이었다. 명절에 화투패를 담요에 짝짝 내던지면서, "손맛 좋고!" 외치시던 이모부를 이해할 수 있을 것만 같았다.

두 번째도 쫙, 세 번째 쫘악. 네 번째, 다섯 번째, 그놈의 손맛에 취해 기계처럼 꼬박 40분을 내려쳤던 것 같다. 머리부터 운동화까지 흙먼지투성이에다 손바닥은 거친 나무 손잡이에 쓸려서 발갛게 달아올랐다. 그것도 모르고 신나게 나무를 팼다. 지금 생각해 보면 꼬마가 첫 도끼질에 연거푸 성공했단 점이 제일 신기하다. 금이야 옥이야 도시에서만 자라다가 나무를 만져 본 새로운 경험에 퍽 신났었다. 작은 손도끼지만 그게 어찌나 멋있어 보였던지. 그리고 도끼질은 또 얼마나 재밌던지. 묘목들을 돌보러 갔다가 다시 돌아온 삼촌은 놀란 얼굴로 수북이 쌓인 장작더미와 한국에서 온 꼬마 나무꾼을 번갈아 쳐다봤다.

그날 저녁 그 장작에다 불을 붙여 마시멜로를 구워 먹었다. 마당 한쪽에 잔디 대신 모래를 깐 바닥이 모닥불을 피우는 곳이었다. 삼촌은 원뿔 모양으로 장작을 세워 거기다 토치로 불을 붙였다. 바람이 휙 불자 아래부터 천천히 올라오던 불이 삽시간에 커졌다. 꼬챙이에 꽂은 마시멜로를 불 속에 잠시 넣었다 빼니 타타닥 소리와 함께 금세 겉이 타들어 갔다. 내 것은 타버렸다고 하니 원래 그렇게 먹는 것이란다. 그렇다고 하니 그런가 보다며 그냥 입에 넣었는데, 당시엔 없던 단어가 떠오르는 맛이었다. 겉바속촉. 바로 두 번째 꼬챙이를 구웠다. 난생처음 해 본 장작 패기에 이어서 처음으로 먹어 본 구운 마시멜로에 눈이 또다시 반짝였다. 지금은 한국에도 보편화되었지만 그땐 초코파이 안에 들어간 크림 같은 걸로만 알고 있었다. 초코파이 안에 조금 든 마시멜로도 달콤했지만, 불에 구워지며 추가된 쫀득함과 달달함은 정말 신세계였다. 아! 이것이 미국의 맛이구나! 친구들은 잘 모를 그 맛을 먼저 알았다는 점에서 소소한 아메리칸드림(?)을 이룬 듯했다.

볼에 검댕을 묻혀 가며 열심히 후후 불어 입에 넣었다. 직접 한 나무로 야식을 먹으니 특히나 더 맛있었겠지. 육체노동을 자발적으로 한 게 얼마 만인가 싶었다. 보이스카우트 야영 가서도 그렇게 열심히 하진 않았던 거 같다. 우리는 소시지와 마시멜로를 밤늦게까지 구워 먹었다. 커다란 마시멜로 한 봉지를 싹 비울 때까지 열심히들 먹었다. 장작을 너무 많이 패 놔서, 다음 날부턴 몇 주간 폭풍이 온대서.

건식 화장실에서 생긴 일

미국 가정의 화장실은 보통 건식으로 변기와 샤워실이 분리된 형태다. 샤워실을 제외하고는 바닥에 배수구가 따로 없다. 한국에선 호텔에서나 볼 수 있는 인테리어로 물기 없이 보송한 바닥이 참 좋았다. 물기가 없어 미끄러질 위험도 적고 세균과 곰팡이까지 방지할 수 있다는 건 꽤 큰 장점이었다. 물기로부터 좀 더 안전해지니 화장실 안에도 가구며 소품들이 놓여 있었다. 변소라기보단 하나의 방 같달까? 화장실 안쪽에 있던 협탁엔 잡지부터 신문까지 읽을거리가 엄청 많았고, 가끔 왠지 모를 캔디나 초코바 같은 간식거리도 놓여 있었다.

아무튼 샤워한 직후에 양말 신은 차림으로 다시 들어갈 수 있는 뽀송한 바닥 때문이었을까, 따끈한 히터 바람을 만끽하며 양치하던 겨울철 아침의 온기 덕분이었을까, 그 시절 내가 사랑하던 화장실에서 비극이 일어날 줄은 상상도 못 했다.

연식이 좀 된 주택이다 보니 생각보다 화장실 수압이 약했다. 그에 비해서 화장지는 매우 두꺼웠다. 변기 물을 내릴 때마다, 그리고 화장지를 끊어 쓸 때마다 왠지 모르게 불안했다. 혹시 막히면 어떡하지? 휴지가 두꺼우니 너무 많이 쓰다가는 위험하겠다고 생각하면서도 언제나 레버 내리기 직전에야 '아차!' 했다. 물이 시원하게 내려가지 않고 좀 버벅대는 것 같으면 두 손 모아 기도했다. 그냥 내려가 줘, 제발 막히지 마. 과식한 사람이 마지막 음식을 겨우 삼키듯 힘겹게 빨려 들어가는 휴지를 보고 나서야 안도의 한숨을 쉴 수 있었다. 그야말로 러시안룰렛이었다. 수압을 높이는 근본적인 조치를 하지 않는 이상 언젠가는 누군가의 차례든 터질 문제였지만, 그게 내가 아니길, 나만 아니기를 바랐다.

그날도 별생각 없이 휴지를 열 칸씩 둘둘 말아 썼다. 물을 내리는데 손맛이 좀 달랐다. 손잡이가 더는 내려가지 않을 때쯤 직감했다. 아, 막혔구나. 심장이 쿵쾅대기 시작했지만 차분하게 수조에 물이 차오를 때까지 기다렸다가 다시 한번 레버를 내렸다. 하지만 굳게 닫힌 배수관의 문은 열리지 않았고, 되레 변기 안의 물만 늘어났을 뿐이었다. 혼란스러웠다. 호스트 패밀리라고는 부르지만 엄연히 남의 집인 데다, 알게 된 지 한 달이 겨우 흘렀었다. 변기 막은 코리안 보이로 영원히 기억되고 싶지는 않았다. 어떻게든 해결하고 싶었고 또 해야만 했다. 그래서 배수 레버를 한 번 더 눌렀다. 그러지 말았어야 했는데. 냉정한 변기는 물을 내려보내지 않았고, 변기 안엔 그만큼의 물이 더 찼다. 한 번만 더 누르면 정말 넘칠 것 같았다. 그렇다고 그냥 나갈 수는 없었다. 변기에서 가장 멀리 떨어진 세면대에 기대 마음을 일단 안정시켰다. "라이언! 안에서 계속 뭐 하니?" 호스트 아주머니의 노크 소리에 간신히 진정시킨 심장 박동이 다시 빨라지기 시작했다.

안에서 분탕질하는 새 30분이나 흘렀었다. 최대한 멀쩡한 톤으로 "나띵!!!!!!!"을 외치며 허둥대다 배수 손잡이를 또 눌렀다. 정신줄을 놓은 게지. 그 옛날 나일강의 범람은 축복이랬는데 미국 화장실에서는 재앙 그 자체였다. 여태 살아오면서 변기 여럿 막히게 해 봤지만 이건 난이도 자체가 달랐다. 일단 바닥을 물로 훑어 낼 수가 없었으니까. 건식 화장실의 단점이다. 바닥에 흐른 것들을 어찌어찌 쓸어 낸다 쳐도 흘려보낼 수챗구멍이 없는 거다. 건식의 치명적인 단점이다. 온천수처럼 울컥울컥 쏟아져 내리는 똥물은 화장지를 쌓아 일단 막았지만, 배수구가 없으니 어디로 보내야 할지 답이 나오지 않았다. 바닥엔 덜 닦인 물이 찰박거리고 심지어 계속 보충되는 와중에

유일한 방어 수단인 두루마리 휴지의 심이 보이기 시작했다. 가히 총체적 난국이었다. 내리 세 번이나 물을 내렸더니 변기도 갑자기 미쳐서 멈출 줄 모르고 물을 토해냈다. 좀 있으면 물이 화장실 밖에까지 새 나갈 판이었다. 아, 무슨 화장실을 건식 따위로 만들어 가지고! 이미 더 커질 일도 없어 보였지만 더 이상 커지기 전에 도움을 청해야 할 것 같았다.

호스트 아주머니가 말 그대로 내가 싼 똥을 치우시는 동안 죄인처럼 뒤에 서 있었다. 한없이 작아지는 순간이었다. 오늘은 이상하게 휴지 엠보싱이 더 보송하더라니…. 미국 가정의 화장실은 다 건식일 테니 간혹 화장실이 막히면 그들도 비슷한 상황을 겪을 수도 있을 테지만, 그렇다고 하더라도 그 뒤처리는 쉽지 않은 일이다. 그런데도 청소를 마치고 나온 아주머니께선 당황하지 않았느냐 물어보시며 화장실 수압이 낮아서 조심하라고 진작에 일러 주었어야 했다고 되레 사과하셨다. 미안하고 감사한 마음에 한동안 충성 모드로 얌전히 지내면서 아주머니 말씀을 굉장히 잘 들었었다. 다행히 그 뒤로 두 번 다시 그런 참사는 없었지만, 한국에 있는 우리 집 화장실이 몹시 그리웠다. 난방이 들어오고 바닥이 아늑친 환경도 좋지만 결국 위기의 순간에 더 유연하게 대처할 수 있는 곳이 제일이니까. 그러니까, 결론은 화장실도 신토불이. 부모님께도 말씀 못 드린 이 이야기를 17년이 지나고서야 풀어 본다. 아직도 호텔 룸에 설치된 건식 화장실을 볼 때마다 그때 일이 떠오른다.

스무 살의 분가, 학생증을 발급받고 :
서울특별시 동작구 상도동 (월세)

서울에 있는 대학으로 진학하면서 오랜만에 집을 다시 떠나게 됐다. 20년간 살아온 동네와 집을 떠나는 것이 아쉽기도 하고 걱정도 됐지만 대부분 새내기들이 그렇듯 설렘이 더 컸다. 할아버지와 할머니 댁을 비롯해 인사 순방을 다녀왔고 동네 친구들과도 석별의 정을 나누었다. 이사일이 일주일 앞으로 다가온 어느 저녁, 우리 집 식탁에서 집밥을 먹을 수 있는 날도 얼마 남지 않았다는 사실이 문득 떠올랐다. 당시 집에는 나와 동생 둘만 지내고 있었다. 건강 문제로 병원에 입원하신 아버지의 간호를 위해 어머니가 서울로 올라가셨기 때문이다. 학생이었던 우리를 챙겨 주시려 외할머니와 이모가 번갈아 오셨지만, 부모님의 빈자리가 크게 느껴지는 건 어쩔 수 없었다. 나는 스물을 앞두고 있었지만 동생은 고작 열여섯 살이었다. 부모님도 계시지 않는 집에 중학생 여동생을 혼자 두고 가기가 미안했다. 처음으로 아련함이 느껴졌던 걸 보면 물어뜯고 싸우던 남매 사이도 결국 가족이더라. 마음은 계속 편치 않았지만 개강이 다가오니 서울로 가야만 했다. 부모님에 대한 걱정과 혼자 남겨 둔 동생에 대한 미안함, 동시에 대학 입학의 설렘까지 안고 터를 잡은 상도동에서 스무 살의 분가를 시작했다.

스물은 고시원이지 말입니다

스무 살 대학생으로서의 첫 자취 장소는 학교 앞 고시텔이었다. 대학 입학하기도 전에 날아온 입영 통지서 덕에 1학기만 하고 군대에 가야 하는 상황이었다. 계획보다 너무 빠른 입대에 갈까 말까 고민 좀 했지만, 상근예비역이니 가는 것이 낫다는 주변 의견에 입대하기로 마음을 정했다. 기숙사 건물이 너무 작아 과별로 들어갈 수 있는 인원수가 손에 꼽을 정도라서 신입생들에게는 거의 기회가 없었다. 방을 보러 함께 간 어머니는 밥을 챙겨 주는 하숙집을 은근히 권하셨지만, 다행히 함께 간 이모 덕에 무산됐다. 하숙집에 살면 밥은 잘 먹겠지만 입대로 놀 수 있는 시간이 한 학기밖에 없는 애한텐 모처럼의 자유가 더 필요할 거라면서. 하숙은 정말 피하고 싶어서 어머니 눈치를 살살 보고 있던 참에 이모의 어시스트가 참 고마웠다. 자취로 정해졌으나 반년 동안만 계약할 수 있는 방은 많지 않아서 학교 후문 쪽에 지어진 신축 고시텔로 들어가기로 했다. 고시원보다는 살짝 크고 깨끗해서 뒤에 '-텔'이 붙었단다. 영화에 나오던 고시원의 이미지가 떠올라 거부감이 들긴 했지만, 막상 들어가 보니 각각의 방이 작다 뿐이지 건물은 생각보다 번듯했고 또 깨끗했다. 대학교 근처다 보니 같은 신세의 신입생부터 본격적으로 자취를 시작하기 전의 저학년이 많이 산다고 했다.

영화 속 고시생들의 방보다는 조금 크고 깨끗했지만 그래도 고시원은 고시원이었다. 침대에 책상, 벽걸이형 에어컨, 40리터짜리 작디작은 냉장고가 옵션의 끝. 없는 와중에 최대한 공간을 만들기 위해서 침대 아래로 잘 안 쓰는 짐을 밀어 넣고 한쪽 벽면에 옷걸이 봉을 설치해 옷을 걸었다. 몇 안 되는 봄여름 옷만으로도 꽉 차는 공간을 보면서 가을이 오기 전에 입대해서 참 다행이라고 생각했다.

방 안에 있는 것들을 제외하고는 다 공용이었다. 우선 샤워를 하려면 복도에 있는 공용 화장실을 사용해야 했다. 이용할 때마다 샴푸, 보디클렌저, 치약 등이 가득한 목욕 바구니와 수건을 들고 다니는 번거로움보다도 1교시 수업이 있는 날 제시간에 씻고 준비하기 위해 다른 학생들과 눈치게임 하는 것이 더 힘들었다. 그리고 어머니가 가장 걱정하셨던 식사. 밥은 보통 밖에서 해결했지만 약속 없는 주말에는 방에서 먹었다. 지하 주방에 있는 밥통에서 밥을 퍼 와서 냉장고가 터지게 채워주신 엄마표 반찬과 함께 먹곤 했다. 공용 주방에 있는 작은 탁자에서 먹어도 됐지만 바로 옆에 가스레인지가 있어서 혹시 다른 사람이 라면이라도 끓인다고 들어오면 어색해졌기에 방에서 먹는 것이 암묵적인 룰이었다. 좁은 방에 앉아 먹으면 밥맛이 참 안 났다. 말 그대도 한 끼 때우는 셈이었다. 반찬 냄새가 잘 빠지지 않는 것도 곤욕이었다.

마찬가지로 빨래도 베란다에 있는 공용 세탁기로 해야 했다. 층마다 방이 여섯 개 있었는데 세탁기는 하나에 세탁일도 보통 주말로 같았다. 신기할 정도로 은밀하게 다니는 고시원생들의 특성상 서로가 마주칠 일은 거의 없으니 순서를 정하는 기준도 딱히 없었다. 보통은 일찍 일어나는 학생이 빨래를 먼저 돌렸다. 가끔 신발을 넣고 돌리는 무개념들도 있었는데, 그럴 때마다 짐 싸서 어서 나가고 싶었다. 세탁을 마친 젖은 옷은 그 옆 공용 빨래 건조대에 널었다. 방 안에 널면 습기가 차니 속옷이나 일부 옷가지를 제외하고는 거기다 널어야 했다. 마치 훈련소에 입영한 느낌이었는데, 세탁실 복도에 속옷을 훔쳐 가지 말라는 공고가 붙어 있던 걸 보면 정말 그런 미친놈들이 있긴 한가 보다 싶었다.

7월 초에 입대해야 해서 기말고사를 치른 그 주에 바로 방을 뺐다. 들어간 짐이 적으니 나온 짐도 적었다. 코딱지만 한 방에서 매달 35만 원을 내며 반년간 살았다. 신입생이라 집보단 밖에서 생활한 시간이 많아 그나마 다행이었다. 고시 공부하는 형 누나들이 정신적 신체적으로 왜 힘들어하는지 알 것 같았다. 뭐든 공용 공간에서 해결해야 하는 고시텔 생활. 나야 입대 전에 공동체 생활을 조금 일찍 시작한 셈이라 여기면서 살았지만 말이다. 제대하면 꼭 기숙사 들어가야겠다고 생각하며 첫 자취생활을 마무리했다.

언덕과 맞닿은 7평의 우주

영원 같았던 군 복무 2년을 마치고 복학했다. 다시 상도동으로 돌아왔고 자취방을 구해야 했다. 2학기가 시작되기 전인 7월 중순에 땀을 뻘뻘 흘리면서 학교 앞뒤의 원룸 골목을 돌아다녔다. 보증금 예산은 군에서 모은 천만 원. 부동산중개소 사장님을 따라 여기저기 들락거리다 그 집을 발견했다. 보증금 천에 관리비 포함한 월세 40짜리 7평 원룸. 희한하게 밖에서 보면 엄연한 1층인데 공동현관 안으로 들어가면 계단을 4개 정도 내려가야 하는 반지하였다. 언덕을 그대로 타고 지어서 지면 경사 때문에 구조가 특이했다. 그런데도 방 안이 습하지 않았고 정면에 난 창문으로 해도 제법 들어왔으며 무엇보다 새로 지어져 깨끗했다. 메인스트릿에서 좀 떨어진 골목, 경사로까지 타고 올라와야 하는 입지 조건은 오히려 프라이버시가 확보되는 장점이라고 생각했다. 어려서 보는 눈이 부족했는진 몰라도 예산 내에서 구할 수 있는 최선의 매물이었다. 감사하게도 이번에도 부모님께서 월세 지원을 해 주시기로 했다. 학기 시작이 한 달 앞으로 다가와 원룸촌도 성수기였기에 하루 정도 고민하다가 얼른 계약했다. 무섭도록 더운 여름날 또 한 번 돌아다닐 자신도 없었다. 그렇게 언덕 위의 지층 같은

1층 집에서 본격적인 자취 4년이 시작됐다.

아! 원룸이란 곳은 작지만 멋진 신세계였다. 방 크기부터 옵션 가전까지 모든 것이 다 작았지만 있을 건 다 있었다. 더 이상 고시텔에서처럼 공용 장소에서 공용 기기를 사용하지 않아도 됐다. 9킬로그램 드럼 세탁기로 언제든 빨래를 할 수 있었다. 목욕용품은 샤워 바구니 안이 아니라 화장실 선반 위라는 원래 자리를 되찾았다. 아침저녁 샤워실 쓰려고 줄 서지 않아도 됐고, 젖은 머리를 수건으로 쓱쓱 닦으면서 팬티 바람으로 나와도 아무도 뭐라 할 사람이 없었다.

1구짜리 인덕션에서 라면을 끓여 먹고 작은 싱크대에서 설거지도 했다. 내 공간에서 여유롭게 먹으니 라면 한 그릇도 너무 흡족했다. 방 크기가 작으니 일주일에 한 번씩 하는 청소도 후딱 끝났다. 청소기로 한 번, 밀대로 또 한 번 하면 끝! 공간은 작은데 있을 건 꽤 있는 오밀조밀함에 인형의 집을 꾸미는 느낌이 가끔 들었다. 고시원 6개월 살고 원룸으로 왔으니 이 기세로 조금씩 이동하다 보면 강남 아파트 입성도 금방이겠다 싶었다. 그때는 정말 그랬다. (그 마음 들었을 때 대한 등록금 깨고 강남 언저리 작은 매물이라도 하나 잡았어야 했다. 돌아보니 다시 속이 쓰리다.)

막상 독립해 살아 보니 집에서 보내게 되는 시간이 생각보다 많았다. 특히 방학 기간에는 학교에 가지 않으니 하루의 반절은 집에 머물렀고 그러다 보니 이런저런 고민을 했던 것 같다. 혼자 있으면 생각이 많아진다는 걸 그때 처음 알았다. 롤모델들의 격언을 포스트잇에 적어 여기저기 붙여 가며 부푼 꿈을 품다가도, 먼 미래가 덜컥 걱정돼서 막연히 힘들기도 했다. 혼자 살아서 자유롭다며 좋아하다가도 또 가끔 혼자인 게 외로웠다. 진로와 연애 그리고 자아 성찰이 뭐 하나 제대로 되는 것 없이 반복됐다. 우주비행사들이 우주로 처음 나가며 여러 감정을 동시에 느끼듯 나 역시 7평의 우주에 요를 깔고 누워 별의별 생각 사이를 유영했다.

꼽등이 게임

꼽등이란 벌레가 유명세를 타기 시작한 건 2011년 하반기부터였던 것 같다. 비슷한 시기에 입대한 대학 동기가 한겨울에 보일러실을 열었더니 꼽등이 백 마리가 모여 있길래 얼른 토치 가져와서 붙태웠다는 말을 듣고 난생처음 알게 된 꼽등이. 직접 본 적은 없었지만, 벌레가 와글대는 모습이 상상돼서 몸서리쳤다. 인터넷은 꼽등이에게 자취방을 뺏기고 트라우마를 얻은 사람들 이야기로 들썩였다. 꼽등이 vs. 바퀴벌레 영상부터 뉴질랜드 거대 꼽등이 사진까지 여기저기 올라왔는데, 다리가 네 개 이상 달린 생물에 대한 거부감이 큰 나는 그런 자료를 볼 엄두를 못 냈다.

전설처럼 전해 들었지만 계속 구전 설화로만 남아 주길 바랐던 꼽등이를 실물로 영접하게 된 건 그로부터 얼마 뒤였다. 강의실 앞에서 꼽등이를 봤다는 누군가의 증언을 시작으로 점점 포위망이 내 주변으로 좁혀 들어오는 게 느껴졌다. 그리고 2012년 날씨 좋던 4월의 오후, 중앙도서관 계단을 오르던 경쾌한 발걸음 사이로 뭔가 툭 튀어 들어왔다. 검은색 닥터마틴 단화에 탁 부딪혀서 튕겨 나간 그것은 갈색 귀뚜라미였다. 아니, 귀뚜라미라고 믿고 싶었다. 그렇지만 비정상적으로 긴 더듬이와 돌기 달린 커다란 뒷다리, 통통한 본체는 설화에서 들은 꼽등이의 외양과 너무나 비슷했다. 악몽 같은 첫인상이 심어진 순간이었다.

한 번이 어렵지, 두 번째부턴 놈들도 거침없었다. 그것들은 내가 버젓이 있는 도서관 열람실과 강의실 안쪽까지 세력을 넓혔고, 놈들의 등장에 책을 들여다보다가 화들짝 놀라는 상황이 잦아졌다. 겨우 피하면 더 난감한 장소에서 더 크고 날뛰는 놈이 나타나는 것이 마치 게임 스테이지를 한 단계씩 클리어하는 상황 같았다.

기말고사 기간에 도서관에서 공부하다가 저녁 먹으러 후딱 집에 다녀오기로 했다. 엄마가 보내 주신 갈비찜에다 뜨거운 밥 한 공기 뚝딱할 생각에 신나서 집 앞 골목에 들어섰는데, 건물 계단에 발을 딱 올려놓자마자 바로 두 칸 위 한가운데 뭔가가 있었다. 꼽등이 게임 다음 라운드가 내 집 앞마당에서 열린 것이었다. 계단 위를 지키는 꼽등이를 지나야만 출입구 유리문을 통과할 수 있었다. 땅에 있는 자갈을 집어 던지자 놈은 미친 듯이 제자리서만 날뛰었다. 점프하는 높이를 보니 지형적으로 낮은 곳에 있는 내가 불리했다. 계단 폭도 좁아 구석에 붙어서 올라가 봐야 금세 발각될 것 같아서 꼽등이가 이동할 때까지 좀 기다려 보기로 했다.

10분이 지나고 20분이 지나고 30분이 되어도 망할 벌레는 미동조차 하지 않았다. 안절부절못하는 나와 달리 저쪽은 거뜬히 밤새 버틸 수 있을 것 같았다. 결국 기다리기를 포기하고 높이 뛰기하듯 도약해서 계단 다섯 개를 껑충 뛰어 올라갔다. 거기서 생긴 진동과 바람에도 놈의 여섯 다리는 땅에서 떨어

질 줄 몰랐다. 원래는 밥을 먹고 다시 도서관으로 가려던 계획
이었으나 그놈을 다시 상대할 자신이 없어 그냥 집에 있는 책
으로 다른 과목이나 보기로 했다. 열람실에 놓인 짐이 분실될
걱정보다 바깥에 도사리는 꼽등이 걱정이 더 컸다.

　이틀 뒤, 학교 가려고 방문을 열고 나왔더니 복도에 너무나
반갑지 않은 그놈이 보였다. 소름 끼치게 긴 더듬이가 행여 날
인식할세라 발소리를 죽여 가며 황급히 지나쳤다. 그날은 점
심 저녁을 모두 밖에서 해결한 뒤 카페와 도서관에 죽치고 앉
아 놀다가 늦게 귀가했다. 한 번에 두 마리가 돌아다닌 적도 있
었다. 주인아저씨에게 해충이 출몰하니 조치 부탁한다는 문
자 메시지를 보냈으나 응답이 없었다. 그러다 우연히 마주친
아저씨에게 마침 구석을 기어 다니는 갈색 해충을 가리켰더
니 "귀뚜라미네~ 귀뚜라미가 잘못 들어왔나 보네~" 이러셨다.
"아니, 아저씨, 그거 귀뚜라미 아니라 요즘 난리인 해충이라니
까요? 바퀴벌레처럼 번식력도 엄청나요!" 아저씨는 심각성을
전혀 인지하지 못한 얼굴로 대충 그놈을 밀대로 후려쳐 죽이
고는 태평하게 갈 길을 가셨다. 다른 추가 조치는 없었다.

돌아보니 그곳은 꼽등이가 살기에 너무 좋은 환경이었다. 우리 건물이야 새것이라 쳐도 일단 동네 자체가 오래돼 노후한 집들이 많았고, 골목이 너무 많았다. 역시나 오래된 골목길 가장 안쪽에 급경사 언덕을 그대로 타고 지어진 원룸 건물 주변엔 덜 정리된 수풀이 무성했다. 해가 완전히 지기 전에 집으로 들어가는 골목 어귀에서 꼽등이를 몇 번 본 뒤로는 골목 앞 편의점에 갈 때 슬리퍼 대신 운동화를 꼭 신게 됐다. 학교에 이어 원룸 건물 복도까지 이제 승기는 꼽등이 쪽으로 기운 것 같으니 제발 내 방 안까지 들어오지 않기만을 바랄 뿐이었다. 계약기간도 아직 한참 남았기에 조용히 방에 앉아 그들이 어디론가 파고들어 가 적어도 눈에 덜 띌 겨울이 오기를 기다렸다. 뭐, 빼앗긴 건물에도 겨울은 오니까.

가장 높은 곳이자 낮은 곳에서

그 집은 언덕 위의 원룸 건물이었다. 언덕 자체가 문제였다기보다는 오토바이도 풀 액셀로 밟아야 올라갈 수 있는 '급'경사로가 문제였다. 오르기에 좀 빡세다고만 생각했던 봄, 여름, 가을까지는 전혀 몰랐다. 이 경사로의 진짜 빡센 포인트는 내려가는 길이었음을. 그것도 겨울에. 밤새 눈이 펑펑 내린 다음 날 집 문을 열었더니 밖에서 우당탕 소리가 났다. 무슨 새소리 같은 높은음도 들렸다. 별생각 없이 공동현관 앞으로 나왔는데 바닥에 여학생 하나가 넘어져 있었다. 하이힐 한 짝은 벗겨져 저 멀리 경사로 아래에 떨어져 있었고 구두 주인은 일어나지도 못하고 허우적대기만 했다.

계단에서부터 미끄러워 난간을 꼭 잡고 땅으로 내려가 봤다. 시멘트인지 돌인지 바닥이 꽝꽝 얼어서 매우 미끄러웠다. 운동화로는 감당이 안 될 것 같아서 얼른 들어가서 부츠로 갈아 신고 나왔다. 조심조심 옆으로 걸어 나가다가 경사로 초입에서 꽈당 넘어졌다. 일어나려고 했지만, 몸은 되레 밑으로 점점 쏠려 내려가고 있었다. 엉덩이에 힘을 빡 주고 한 손으로 무릎을 짚으며, 반대쪽 손으론 땅을 힘껏 밀면서 일어났는데! 다시 꽈당! 아까보다 더 심하게 미끄러져서 경사로의 딱 중간에 놓이게 됐다. 서려고 하면 다시 넘어질 것만 같아서 포기하고 네 발로 엉금엉금 천천히 기어 내려왔다. 다행히 가방을 맨 상태로 굴러떨어져서 또 한 번 올라가는(또 한 번 굴러떨어지는) 일 없이 그내모 학교로 향할 수 있었지만, 두 번 연속 대차게 넘어진 충격을 고스란히 받은 엉덩이가 너무 아팠다. 수업 마치고 돌아오는 길이 걱정이었다.

오후 3시 강의가 끝나자마자 얼른 귀갓길에 올랐다. 해가 져서 기온이 더 떨어지면 집 앞 경사로가 더 미끄러워질 것 같았다. 만약 얼음이 녹지 않았다면 편의점에서 뜨거운 음료라도 사서 뿌리면서 올라가야겠다 싶었다. 다행히 주인아저씨가 오셔서 삽으로 얼음을 부수어 놓으셨다. 경사로 가운데에 딱 한 사람이 지나갈 수 있는 폭으로 길이 나 있었다. 어떻게 딛고 서서 작업하셨는진 모르겠지만 아무튼 정말 다행이었다. 내심 이번 일을 계기로 아저씨가 소금이나 모래 같은 것을 관리실에 구비해 두시길 바랐다. 눈이 잘 오지 않는 지역 출신이라 눈 오는 게 참 좋았는데 이젠 조금 중립적인 위치로 이동했다. 변명같이 들렸던 눈 때문에 어디 못 갔다는 말이 처음 이해된 날이었다. 다치는 것보다 차라리 결석이 낫다. 그 뒤로도 눈은 몇 번 더 왔고 '어쩔 수 없이' 학교를 몇 번 안 갔다.

그 집은 가장 높으면서 동시에 가장 낮은 곳에 있었다. 언덕에 지어졌으니 건물 자체는 동네 골목에서 가장 높은 곳에 있었지만, 내 방은 건물 가장 아래층이었다. 수업 시간에 늦어서 후다닥 뛰어나가야 할 때는 좋지만 공동현관문이 열리면서 따라오는 발걸음 소리와 술 취한 입주자들의 고함이 너무 잘 들린다는 단점이 있었다. 소음에는 그럭저럭 적응했지만, 더 큰 문제가 다른 곳에서 터졌다.

유독 길게 이어진 장마로 인해 빗물이 건물 앞 경사로까지 조금씩 차오르던 해였다. 아침에 일어나서 화장실에 가려고 문을 열었는데 바닥에 찰박하게 물이 차올라 있었다. 화장실 창문은 잘 닫혀 있는데 어디서 비가 새어 들어왔나? 뭔가 이상해서 변기 물을 내려 봤다. 아래로 빨려 내려가지 않고 별안간 솟구쳐 오르는 물을 보고 깜짝 놀랐다. 올라오는 것이 맹물이 아니라 누런 악취가 나는 구정물이어서 더 식겁했다. 설상가상으로 아래 배수구에서도 같은 하수가 올라왔다. 아니길 바랐지만 정화조가 막힌 것 같았다. 영화 〈기생충〉 송강호네 화장실처럼 변기 물이 꿀렁이며 역류했다. 애써 잊고 있던 미국 호스트 집에서의 화장실 사건이 떠올랐다. 그때는 내가 잘못하기라도 했지, 이번에는 휴지 한 장 넣은 적 없는데. 온 건물의 오물이 중력을 거슬러 올라오는 것을 보면서 할 말을 잃었다.

바닥 수챗구멍에서도 오물이 올라오는 걸 보면서 주인아저씨께 곧비로 전화했다. 30분 뒤쯤 아저씨가 오셔서 '아이구'를 연발하시며 복도와 방 화장실을 들락거리셨다. 무슨 기구 같은 것을 이용해서 일단 해결은 하셨지만 너무나 충격적이던 그 광경 이후로 그 집에 대한 정이 뚝 떨어졌다. 아저씨가 청소하고 가신 후에도 2리터짜리 락스와 욕실 세정제 한 통을 사 와 그대로 들이부었다. 락스 물이 화장실을 휘감았다가 배수구로 내려가는 걸 보며 한숨이 절로 나왔다. 예전 꼽등이 사건 때 진작 나갔어야 했는데. 막상 나가려니 이만한 곳이 없다는 생각에 귀차니즘이 더해져 그냥 살았더니 결국 더 끔찍한 일을 겪게 됐다.

다행히 그 해 계약기간이 만료될 때쯤 시기적절하게 취업이 되어 집을 떠나게 됐다. 미운 정이 들었던지 이사 나오는 직전까지 시원섭섭했다. 요즘도 상도역 인근을 지날 때면 그 집의 언덕과 하수구는 여전한지, 103호에는 누가 살고 있는지 살짝 궁금해지곤 한다. 4년이나 살았던 만큼 이런저런 일도 많았지만, 그래도 큰일 없이 나름 좋은 일로 떠났으니 좋은 기운의 집이었다고 믿는다. 그럼에도 불구하고 와신상담하며 다짐했다. 다음에는 1층에 집을 구하지 않겠다고. 절대, 네버, 맨 아래층엔 살지 않겠다고.

두 번째 분가, 사원증을 목에 걸면서 : 서울특별시 영등포구 영등포동 (반전세)

2년간의 지방 근무를 마무리하고 다시 결정된 서울행을 앞두고 이번에는 어디서 어떤 집을 구해야 할지 고민이었다. 서울 중심부에서 멀어질수록 가격은 예상 이상으로 급격하게 차이가 났다. 장소를 우선 정해야 했다. 여의도에서 가까운 도심 속 작은 집에서 살지 좀 떨어진 강서구나 관악구 쪽으로 가서 넓게 살 것인지. 투룸의 경우 예산상 저 멀리 발산이나 마곡 쪽에서나 가능해 보였다. 공간이 분리된 쾌적한 집에서 살면 정말 좋겠지민 어태 학교나 직장에서 가까운 곳에 살아 버릇하다 보니 편도로만 40분은 걸릴 출근길이 자신 없었다. 고민 끝에 평수를 줄이더라도 회사가 위치한 영등포구 내에서 살기로 했다. 매일 출근하니 집에서 보내는 시간이라 봐야 아침 잠깐과 늦은 저녁 이후 시간뿐일 테니까.

영등포에 살기로 마음먹었음에도 바로 집을 구하기는 어려웠다. 부동산 앱에서는 '무슨 이유로 인가받지 않아서 전입신고는 불가하고' 따위의 불법 느낌 풀풀 나는 허위 매물이 너무 많았다. 영 미덥지 않아서 아날로그식으로 인근 부동산중개소 방문을 병행했다. 어머니가 같이 집을 보자고 하셨지만, 어머니까지 고생시키고 싶지 않았다. 그새 자취 경력 6년 차가 된 만큼 이제는 잘할 수 있을 거란 자신감도 있었다. 하지만 예전 상도동 집에서의 사건들이 영 미덥지 않으셨는지 어머니는 결국 서울까지 올라오셨다.

영등포동을 크게 한 바퀴 돌면서 여섯 집 정도를 보다가 괜찮은 집을 찾았다. 지하철 1분 컷에 관리 잘 된 건물 컨디션, 투룸은 아니지만 10평 정도로 꽤 넓은 그 오피스텔이 퍽 마음에 들었다. 가능하면 전세로 살고 싶었지만, 건물을 막 상속받았다는 새 주인은 극구 월세를 원했다. 고민이 좀 되긴 했지만 언제나 그렇듯 남은 시간에 비해서 매물은 적었기 때문에 한 수 접고 반전세로 계약했다. 당장 2주 뒤에 여의도로 출근해야 했다.

기찻길 옆 오피스텔

영등포 집으로 들어간 첫날부터 상당히 만족스러웠다. 필로 티 구조라서 2층부터가 주거 공간이긴 했지만 일단 1층을 피했다는 점이 좋았다. 이삿짐을 다 옮기고 한숨 돌리려 선 중층 높이의 창문을 통해서 신선한 공기와 따뜻한 햇살이 마구 들어왔다. 거리에 사람들이 손가락만 하게 보였다. 공동현관문이 열리는 소리나 그곳을 통과하는 사람들의 발걸음과 목소리도 들리지 않았다. 층이 달라진 것만으로 쾌적함이 배가 됐다. 예전에 살던 상도동 원룸보다 무려 세평이나 커진 방 면적에 숨통이 트였다. 짐을 풀다 말고 드넓은 바닥에 앉아 침대는 여기, 책상은 저기, 저 앞엔 조그만 TV도 하나 들여놓을 생각에 콧노래가 절로 나왔다. 바로 앞에 위치한 지하철역 덕에 도어 투 도어로도 20분 이내인 회사까지의 거리는 가까운 미래에 회식 후 귀갓길과 다음 날 아침의 기상 시간에 진가를 발휘할 예정이었다. 창문을 연 채로 다시 남은 정리를 하는데 기차 경적이 들렸다. 그리고 보니 건물 정면에서 오른쪽으로 철로가 나 있었다. 첫인상은 중요하다 못해 무서운 것이었다. 입주한 아침부터 느낀 쾌적함 덕에 이 집의 모든 것이 좋아 보였으니까.

박스 안에 있던 짐을 대략 다 정리하고 커피머신에서 커피를 한잔 뽑아 들고 창문 앞에 다시 섰다. 아침에 눈 부신 햇살이 내리던 창가에는 어느덧 저녁노을이 비치고 있었다. 그리고 이어지는 기차 지나가는 소리. 봉숭아 물들인 손톱처럼 발갛게 물들어 가는 하늘과 덜컹거리는 열차 음의 조합은 생각보다 꽤 낭만적이긴 했다. 어느 철길 옆의 일본 가정집이 배경인 따뜻한 영화 느낌이 난달까? 기차가 아침저녁으로 한 번씩만 다녔다면 정말로 그랬을지도 모르겠다. 큰 어려움은 없었지만 이사가 피곤하긴 했나 보다. 급격하게 밀려오는 졸음에 간신히 씻고 누웠다. 침대가 아직 배송되지 않아 바닥에 요를 깔고 누웠더니 등이 결려 불편했지만 몇 번 뒤척이다 금세 기절해 버렸다.

얼마나 지났을까? 두둥두둥-. 두둥두둥-. 박자감 있는 소리에 잠이 깼다. 비몽사몽간에도 느껴진 바닥의 떨림을 애써 무시하고 다시 베개에 얼굴을 묻었다. 하지만 또다시 똑같은 진동과 소리에 눈이 떠졌다. 피로를 무릅쓰고 자리에서 일어났다. 기차 소리였다. 창문이 덜 닫혀 있나 확인했더니 그보다 더 잘 닫혀 있을 수는 없었다. 화장실 갔다가 물 한 잔 마시고 다시 누워 잠을 청하는데 또다시 귀에 기차 소리가 꽂혔다. 지하철 1호선부터 KTX, 새마을/무궁화호, 새벽 화물열차까지 지나가는 그곳은 가히 철도교통의 요충지였다. 특히 고속열차가 달리면서 일으키는 진동은 땅을 울리는 수준이었다. 노후한 1호선과 화물열차는 끼긱대는 괴랄한 소리로 밤공기를 찢어댔다. 결국 기차 소리를 구분해 가며 뜬눈으로 밤을 지새웠다. 이번에도 잘못 걸렸음을 직감하면서.

좋았던 첫인상에 비해서 이어지는 이미지가 별로면 실망을 넘어 배신감이 두 배가 된다. 오피스텔을 보러 다녔을 때 기찻길 옆이라 소음이 심하지 않냐고 물었더니 부동산중개소 사장님은 문 닫으면 괜찮다고 하셨다. 사장님이 그렇다니까 그런가 보다 했었다. 요즘 새시가 방음이 잘 되기도 하고 철로 바로 옆도 아니고 사이에 건물이 두 개나 더 있으니 별문제 있겠나 싶었다. 집 보러 갔을 때 마침 우는 아기를 달래는 중이던 이전 세입자분의 눈치를 보느라 자세히 알아보지도 않고 금방 나와 버렸으니 누굴 탓하랴. 세입자분께 양해를 구하고서라도 정말 문 닫으면 소음이 안 들리는지 직접 확인했어야 했는데. 이중 창문이었더라면 좀 나았을까? 심하지는 않았지만, 여하튼 소음은 소음이었다. 그것도 빈번한 주기의 소음 말이다.

기분 좋은 날엔 그 소음을 그럭저럭 버틸 수 있었지만 별로일 때는 짜증이 나다 못해 노이로제에 걸릴 것 같았다. 평균적으로 기분이 좋은 날보다 그렇지 않은 날이 더 많으니 만족도는 떨어질 수밖에 없었다. 부모님께서 올라오신 한 달 뒤, 기차 지나가는 소리가 들리는 타이밍에 맞춰 다급하게 창문을 활짝 열었다. "들어 봐요! 이 소리! 이런 게 한 시간에 세 번씩 들린다니까?" 어머니는 기차 소리가 시끄럽긴 한데 그래도 낭만 있다고 여기면서 잘 지내보라고 말씀하셨다. 첫날 오후엔 나도 그럴 생각이었다고, 어머니는 가끔 오시기 때문에 그렇게 말씀하실 수 있는 거라는 말대꾸는 속으로만 했다.

명절마다 타고 내려가는 경부선 기차는 늘 우리 집 앞을 지났다. 창밖으로 순식간에 지나쳐 가는 익숙한 골목을 보면서 열차가 이 구간에서만큼은 조금 천천히 달려 줬으면 좋겠다고 바랐다. 기찻길 옆 오피스텔에 사는 나를 좀 생각해시라도. 두 번째로 구한 집에 들어간 지 하루 만에 얻은 교훈이었다. 지상철 근처 집은 일단 거르기로.

모텔숲을 지나면 나오는 집

대학교에 들어갔을 때쯤 영등포에 타임스퀘어가 지어진 것으로 기억한다. 새롭게 부상한 핫플이 학교에서 별로 멀지 않길래 동기들과 놀러 가 봤다. 식당 가서 밥 먹고 꽤 크게 지어진 오락실에서 게임도 하다 영화까지 한 편 봤다. 콜라를 너무 마셨는지 끝나자마자 화장실에 들르느라 내려가는 일행을 놓쳐 버렸다. 뒤늦게 뛰어간 1층 로비에는 심야 시간대라 그런지 사람이 정말 없었다. 반면에 출입문은 너무 많았고. 어디 앞으로 오라는 카톡을 들여다보며 어디로 나가야 할지 한참을 두리번대다 출입문 하나를 벌컥 열었다. 정육점 냉장고의 빨간 불빛이 늘어진 어둡고 외진 골목이 나왔다. 영화 〈아저씨〉에 나오는 개미굴 노파 느낌의 사람들과 짧은 옷차림의 여자들이 서 있었다. 근처엔 기차역과 지구대까지 있던데 아직도 이런 곳이 남아 있나 싶었다. 들어올 때 본 번화가와 수많은 사람은 다 어디로 갔는지. 당황하기도 했고 은근히 겁도 나 대책 없이 그 반대쪽으로 빠르게 걸었다. 나온 골목 양옆으로도 모텔이 주르륵 줄 서 있었다. 진땀이 났다. 출구를 찾기는커녕 갈수록 미궁으로 빠져드는 기분이었다.

그로부터 8년쯤 뒤 영등포의 그 미궁 근처에 집을 구하게 됐다. 주변은 비슷한 오피스텔들로 둘러싸여 조용하긴 했지만, 500미터 정도만 나가면 기차역을 둘러싼 번화가가 시작되면서 분위기가 확 바뀌었다. 밥집보다 술집이 더 많던 그곳엔 숙박업소도 많았다. 이름만 호텔인 모텔들이 대로를 따라 늘어서 있었다. 길을 건너든 안 건너든 모텔숲을 통과해야 집에 도착할 수 있었다. 심지어 집 가는 지름길에도 모텔들이 모여 있었다. 가끔 영등포역에 내려 집에 가는 길엔 의도치 않게 참 많은 사람을 봤다. 산등성이처럼 이어진 숙박업소 계단을 오르는 등산복 커플, 눈치 보며 살살 걷다가 후다닥 뛰어 들어가는 유니클로 면바지와 땡땡이 원피스. 분명 부부는 아닌 것 같은 노(老) 커플의 실랑이도 봤다. 서로 민망해서 똑바로 쳐다보진 않았지만, 그쪽에서도 의식하는 것이 느껴졌다.

버뮤다 삼각지대처럼 사람들의 뒤통수가 하나둘 사라지는 그 모텔촌의 바로 오른쪽에는 오피스텔이 네 채나 있었다. 학업에 지친 대학생들과 술 취한 직장인 거주자들이 집에 들어가기 위해 모텔 이용객들과 같은 골목 입구를 들락거렸다. 업무지구 주변에는 밥과 술을 파는 가게가 많기 마련이고, 술집이 많은 곳엔 모텔도 많다. 회사에서 가까운 역세권 거주를 위해 모(텔)세권까지 껴안게 된 건 비단 나만의 상황은 아니었다. 바로 옆 건물이 모텔이라는 동기보다는 내 주거환경이 그나마 나았다. 집 보러 처음 갔을 때, 전철역 근처 집이 싸게 나왔대서 이미 눈이 돌아가 있었다고(나랑 같은 레퍼토리다) 한탄하는 걸 보면 어떻게 다들 하나 같이 비슷하게 멍청한지 모르겠다.

그해 겨울, 골목 모텔 중 하나가 허물어졌다. 그리고 우리 집과 똑같이 생긴 오피스텔이 그 자리에 세워졌다. 공사판을 가로지르며 어쩌면 내가 사는 곳도 그렇게 지어진 걸지 모른다는 생각이 들었다. 부동산 투자가들에게는 이런 입지의 모텔촌이 개발 가능성 있는 긁지 않은 복권이라지만, 세입자 입장에선 사실 좀 찝찝한 동네다. 건물은 바뀌었어도 그 터에 그간 쌓인 기운이란 게 있지 않나. 출근길에 모텔에서 나오는 사람들과 지하철역으로 걸어가는 동선이 겹칠 때면 내가 다 남사스러워서 괜히 더 빨리 걸었다. 영등포 집에서의 말년엔 회사가 좀 멀어지더라도 모텔 대신 감성 카페들이 위치한 서촌이나 방원동으로 이사할까 많이 고민했다. 하지만 그곳 전세가는 그새 더 가파르게 올라 불가능했다. 그래도 어긴 회사가 가까우니 그렇게 나쁘진 않다고 스스로 위안하며 모텔숲 사이에서 계속 살았다. 편백이나 자작나무숲이었다면 참 좋았을걸.

집에서 N는 시대

코로나19의 시작을 그 집에서 맞았다. 여태 경험한 전염병 중 전 세계적으로 가장 큰 피해를 주고 또 오랫동안 지속된 코로나는 이 글을 쓰는 2022년에도 끝날 기미가 보이지 않는다. 전염을 막기 위해서 사적 모임 인원 제한과 식당을 포함한 공공장소 영업시간 단축에다 심지어 대중교통 운영 마감 시간까지 당겨졌다. 전 국민의 불편을 유발하고 소상공인들의 생계에 치명적 타격을 입힌 그 대처는 손바닥으로 하늘을 가리는 격이라며 욕을 많이 먹었지만, 집안이 가장 안전하긴 했으니 자의 반 타의 반 집에서 보내는 시간이 늘어났다. 밀폐된 장소인 영화관에는 발길이 끊긴 대신 넷플릭스나 왓챠 같은 OTT 서비스 구독이 늘어났고 식당에서 모임을 할 수 없으니 떡볶이부터 스테이크까지 배달 주문이 폭발했다.

홈 카페, 홈 바, 홈 짐처럼 집에서 문화를 즐기는 유행이 시작됐다. 많은 변화 중 헬스장 운영시간 단축이 내겐 가장 치명적이었다. 이러다 아예 출입을 막아 버리는 건 아닐까 걱정한 지 얼마 되지 않아 정말로 체육시설이 셧다운됐다. 하지만 우리에게는 선구안을 발휘하여 사전에 홈 짐을 차려 놓은 친구가 있었고, 2주 동안 청파동에 있는 그의 홈 짐에서 종종 운동했다. 끝나고는 회를 시켜서 음악을 빵빵하게 틀어 놓고 소맥을 곁들여 마셨다. 점점 제재가 강력해지는 방역 지침으로 인해 친구들과 술자리도 이렇게 누군가의 집에서 할 수밖에 없었다. 뭔가 아쉽긴 했지만 그래도 최선을 다해 집에서 노는 시대를 맞았다.

재택근무가 활성화된 것도 이맘때부터였다. 사내 확진자 수가 늘어나며 집에서 일하는 일상이 시작됐다. 다행히 집 한편에 모니터와 함께 글 쓰는 공간이 마련돼 있어서 홈 오피스를 차리는 수고를 덜었다. 선생님과 엄마의 감시가 없는 독서실에 앉으면 집중이 잘 안되던 학생 시절처럼 재택근무 초반에는 업무에 몰입하기가 쉽지 않았다. 자녀가 있는 과장님 차장님들에게 집중력 저하의 애로사항이 있었다면, 독신인 내게는 매 식사를 알아서 해결해야 한다는 점이 문제였다. 도보로 10분이넌 엉듕포 먹거리 골목이 있었지만, 집 밖으로 점심 먹으러 나가는 게 어찌나 귀찮은지. 대안으로 시켜 먹은 배달 음식은 맵고 짜고 기름져서 먹을수록 건강이 나빠지는 느낌이었다. 게다가 만 5천 원 이상 담아야 배달이 가능해서 괜히 다 먹지도 못할 양을 시키는 경우도 허다했다. 한동안 계속될 재택 근무 시대에 발맞추어 직접 밥을 해 먹어 보기로 했다.

식자재를 주문해서 휴대전화로 레시피를 봐 가면서 밥상을 차렸다. 어머니가 휘리릭 끓여 주던 김치찌개 간을 맞추려고 조미료와 물을 몇 번이나 번갈아 부었는지 모른다. 장 보고 재료 손질에 뒷정리까지 하다 보니 귀찮긴 했지만 나중엔 손도 빨라지고 요령도 생겼다. 과자 대신 군고구마를 구웠고 고기를 너무 많이 먹었다 싶으면 고등어찜이나 월남쌈을 해 먹기도 했다. 어머니는 내가 아직도 프라이팬으로 계란프라이밖에 못 하는지 아시지만, 브런치 카페 스타일 써니사이드업 프라이는 기본이고 호박전까지 부쳐 먹었다.

그리고 손 떨면서 그리워했던 커피! 핸드 드립 세트를 구매해서 직접 내려 마시기 시작했다. 원두가 우려지는 고소한 향이 방 안에 퍼지면 코끝부터 전해지는 커피의 풍미에 마시기 전부터 기분이 좋아졌다. 몰려오는 졸음을 막기 위해 지하 카페로 뛰어 내려가 직원이 건네는 커피를 급하게 쭉 빨아 당길 때와는 느낌이 달랐다. 카페 사장 최준 형처럼 멋진 바리스타

가 된 기분이랄까? 철이 없었죠. 커피가 좋아서 재택한다는 자체가~

코로나라는 희대의 역병을 겪으면서 전례 없는 변화에 참 힘들기도 했지만, 집에서 놀고 밥해 먹고 커피 내려 마시고 홈트레이닝까지 챙기면서 나름의 의미를 찾아가고 있다. 집안에서 무언가를 계속해 나가면서 꾸미고 정돈하며 살아가는 둥지에 대해 소중함을 느끼는 중이다. 크든 작든, 저층이든 고층이든, 전세든 월세든 이런저런 해프닝이 많았지만 두 발 뻗고 편하게 누워 잘 수 있는 우리 집이 나는 참 좋다.

집에서 할 수 있는 쓸데없는 20가지 (난이도 상)

★ ★ ★ ★ ★

1) 옷장 속 바지 주머니에 돈 들어 있는지 뒤지기 (찾으면 매우 쓸 데 있어짐)

2) 바닥이랑 벽에 실리콘 이음새 비어 있는 곳 찾기

3) 밤에 불 다 끄고 휴대전화 플래시 켜서 문틀 뒷벽 사이 비춰 보기

4) 콜드브루 라떼 만든다고 찬물로 드립 커피 내리기

5) 윗집 와이파이 비밀번호 맞추기

6) 치킨 뼈 끓여서 사골국물 내기 (취향껏 족발도 가능)

7) 와칸다 문자 공부

8) 일상 브이로거인 척 영상 찍기 (라면 끓이면서 설명하기, 혼자 인터뷰하기 등)

9) 바닥에 떨어진 머리카락 찾기

10) 주말에 회사 일하기

11) 냉장고 문 어디까지 닫아야 불 꺼지는지 확인하기

12) 이병헌 일본 팬미팅 건치 댄스 연습

13) 남의 회사 연봉 찾아보기

14) 컵에 강아지 사료 몇 개 들어가는지 세기

15) 집에서 할 수 있는 쓸데없는 일 고민하기

16) 당신의 집에서 할 수 있는 것들이 무엇인지 이어서 채워 주세요!

17) 당신의 집에서 할 수 있는 것들이 무엇인지 이어서 채워 주세요!

18) 당신의 집에서 할 수 있는 것들이 무엇인지 이어서 채워 주세요!

19) 당신의 집에서 할 수 있는 것들이 무엇인지 이어서 채워 주세요!

20) 당신의 집에서 할 수 있는 것들이 무엇인지 이어서 채워 주세요!

에필로그

오늘 조금 더 우리 집

집을 사는 것은 흔히 어른들의 영역이라고 여겼었다. 하지만 몇 년 새 불어닥친 집값 대란에 내 집 마련하려는 청춘들의 나이가 점점 어려지고 있다. 나 역시 이십 대 중반까지만 해도 생각도 못 한 자가 매수를 스물아홉부터 심각하게 고민하기 시작했으니까. 세대원 20년 그리고 세입자 10년을 마무리하던 잔금일은 참 묘했다. 잠시 공중으로 붕 떴다가 금세 지상으로 내려온 기분이었다.

집 있는 달팽이가 부럽다는 세대의 일원으로 살아가면서 벼락거지라는 단어를 시작으로 많은 일을 겪고 또 배웠다. 불안감과 고민에 날밤도 새고 그러다 타이밍을 놓치기도 했던 시행착오를 거쳐 나보다 조금 어린 집과 함께 살아가고 있다. 하기 전엔 되게 큰일이라고 사서 걱정하던 일이 막상 하고 나면 별일 아니었던 것처럼 자가 구매도 그랬다. 폭풍 같던 고민의 흐름과 제법 번거롭던 절차를 마무리하고 시작한 내 집 살기가 벌써 1년에 접어들었다. 네 장이나 되는 등기부등본만 봐도 알 수 있듯 여러 소유주를 거친 수택동 집을 내 손에 맞게 길들이는 데는 집을 사는 것만큼 만만치 않은 과정이 있었지만, 일상은 언제 그랬냐는 듯 금세 다시 잠잠해졌다.

고향인 대구에서도, 학창 시절 주거지였던 동작구와 회사가 있는 영등포구에서도 멀기는 마찬가지인 경기도 구리시. 이곳으로 이사 와서 여름, 가을, 겨울, 그리고 다시 봄을 넘어 여름으로, 벌써 다섯 번째 계절을 나는 중이다. 아는 사람 하나 없고 생전 처음 와 본 이 동네로 이사 오게 될 줄 누가 알았을까? 초록색 G버스에 탑승하던 어색함도 잠시, 지금은 우리 집, 우리 동네라고 자연스레 부르고, 어느새 술을 진탕 마시고도 귀소본능 좌표가 이곳으로 설정됐다. 최근에는 층간소음으로 조금 고생하고 있지만 내 집에서의 생활은 굉장히 만족스럽다. 명절 3일 내내 내려가 있던 부모님 댁에선 낌새도 없더니 기차를 타고 올라온 수택동 집에 짐을 풀자마자 신호가 와서 화장실로 향할 때 나는 생각했다. '아, 인제 여기가 우리 집다 됐구나!'

매달 주택담보대출을 꼬박꼬박 상환해 가면서 소독 일자를 달력에 표시하고, 분리수거일인 월요일엔 약속도 잡지 않고 곧바로 집에 와서 쓰레기를 내놓고, 집 앞 지하철역 개통일이 가까워져 올수록 가슴이 설레는 세대주 1년 차. 95년생 집에는 90년생인 내가 살고 있다. 궁합도 안 본다는 네 살 차보다 한 살 더 많으니 우리 사이는 정말 찰떡일 거다. 그러니 부동산과 소유주라는 명칭보다는 짝꿍으로 불리고 싶다. 오늘 짝꿍과 조금 더 친해졌다. 오늘 조금 더 우리 집이 됐으니까.

J. D. 샐린저의 연인으로 알려진 작가 조이스 메이나드는 "좋은 집이란 그냥 주어지는 것이 아니라 만들어지는 것이다"라고 말했다. 집이라는 공간에는 호가와 실거래가 같은 숫자로 정의할 수 없는 의미와 추억과 바람이 담겨 있다. 기록상의 첫 집인 할아버지 댁부터 우리 가족의 첫 아파트 생활을 열어

준 대구 본가, 변기를 폭파했던 미국 오리건주 하숙집, 상도동과 영등포 원룸에서의 이런저런 일들이 한데 모여 마이 홈 랩소디가 될지 누가 알았을까? 똑같이 네모난 건축물로 보이는 그 속에 저마다의 스토리가 있다. 앞으로도 함께 써나갈 집과 나의 이야기가 기대된다.

"Home is where the story begins."

서른, 덜컥
집을 사 버렸습니다

초판 1쇄 인쇄 2022년 8월 1일
초판 1쇄 발행 2022년 8월 12일

지은이 유환기
펴낸이 이범상
펴낸곳 (주)비전비엔피 · 애플북스

기획 편집 이경원 차재호 김승희 김연희 고연경 박성아 최유진 김태은 박승연
디자인 최원영 이상재 한우리
마케팅 이성호 이병준
전자책 김성화 김희정
관리 이다정

주소 우) 04034 서울특별시 마포구 잔다리로7길 12 (서교동)
전화 02) 338-2411 | **팩스** 02) 338-2413
홈페이지 www.visionbp.co.kr
인스타그램 www.instagram.com/visionbnp
포스트 post.naver.com/visioncorea
이메일 visioncorea@naver.com
원고투고 editor@visionbp.co.kr

등록번호 제313-2007-000012호

ISBN 979-11-90147-49-1 03810

도서에 대한 소식과 콘텐츠를
받아보고 싶으신가요?